寄语

U0754540

茅台要打造世界蒸馏酒第一品牌，首先就是要打造世界级的文化影响力和品牌吸引力。

——袁仁国〔贵州茅台（集团）董事长〕

国酒文萃

四期　总第五期

图书在版编目（CIP）数据

国酒文萃 . 2017 年 . 冬 / 蒋子龙主编 . -- 北京：
光明日报出版社 , 2017.11
ISBN 978-7-5194-3684-1

Ⅰ . ①国… Ⅱ . ①蒋… Ⅲ . ①散文集－中国－当代
Ⅳ . ① I267

中国版本图书馆 CIP 数据核字 (2017) 第 293670 号

国酒文萃（2017 年 . 冬）

GUOJIU WENCUI（2017NIAN DONG）

主　　编：蒋子龙

责任编辑：李　倩　　　　　　　责任校对：傅泉泽
封面设计：杜　可　　　　　　　责任印刷：曹　诤

出版发行：光明日报出版社
地　　址：北京市西城区永安路 106 号，100050
电　　话：010-67078248（咨询），67078870（发行），67019571（邮购）
传　　真：010-67078227，67078255
网　　址：http://book.gmw.cn
E - mail：renqing339@126.com
法律顾问：北京德恒律师事务所龚柳方律师
印　　刷：重庆市正光印务有限公司
装　　订：重庆市正光印务有限公司
本书如有破损、缺页、装订错误，请与本社联系调换，电话 010-67019571

开　　本：787×1092　1/16
字　　数：160 千字　　　　　　　印　　张：10
版　　次：2017 年 12 月第 1 版　　印　　次：2017 年 12 月第 1 次印刷
印　　数：10000 册
书　　号：ISBN 978-7-5194-3684-1

定　　价：39.00 元

编前语

　　"要是没有文章、书画、围棋和美酒，就没有必要一定托生为人。"这是一位古人的话。古人说文章，今人论文学，酒与文章，酒与文学，自古以来为何难分难舍？文学有酒意，酒意醉文章。

　　文学艺术，是心灵的光亮。美的文学艺术作品，总像美酒那样润心入梦。说文学艺术，会想到蚕。春蚕到死丝方尽，留赠他人御风寒。蚕吃桑叶，吐出晶莹剔透的丝，丝轻盈得像云朵，鲜润得像花瓣，滑爽得像少女肌肤。丝织罗、绫、纨、纱、绉、绮、锦、绣等尤物，织皇袍，织旗袍，织嫦娥仙女的裙摆和心爱，织衣织巾织手帕织绣球织绣鞋等雅品和凡物。丝织什么都超凡脱俗。丝绸是世间最富梦幻般意境的神赐之物。

　　丝绸华贵而浪漫，把它喻成云，喻成霞，喻成虹，喻成花，喻成仙雾，喻成美玉，喻成凝脂，总不为过。蚕吐完丝，便成蛹，化为茧，结束一生，留下的是让人无尽的联想。

　　蚕吃桑叶，是为了怀丝，怀丝是为了吐丝，吐丝是为了作茧，作茧是为了自缚。蚕吃桑是愉悦的，蚕怀丝是愉悦的，蚕吐丝是愉悦的，蚕作茧是愉悦的。蚕作茧自缚也是愉悦的吗？想来它是悲苦的，也是慰藉的。蚕一生在表达着什么，又意味着什么呢？蚕在表达诗意的一生。它的诗为丝，被人赋予无穷的颜色而流光溢彩，丝品尽显物宝天华之美。于是就让人想，蚕是诗人，它的一生是仰望星空的，它是以心仰望星空的，不然它的作品为何那么纯粹、高雅、唯美呢？

　　这好像是在赞美文学艺术家吗？优秀的文学艺术家可真似春蚕啊，他们若蚕吃桑叶般纯朴生活而"吐"出闪亮的诗文，诗文"吐"尽了，气血耗尽了，容枯了，肌瘦了，背弯了，只剩皮包骨头，最后死在自己码起的书山里，死在自己酷爱的书稿上。

然而，文学艺术家也是劳动家，农民工人知识分子是劳动家，所有劳动者都是"蚕"，在吐芬芳世界的"丝"，只是吐的"丝"品质高贵不同而已。其不同，总是与仰望星空高远密不可分。那是纯净、雅致、高远、宽阔、无私等人生境界的不同。要有这样的境界，需有纯净的内心和雅致的情趣，方能超凡脱俗，方能如蚕以寻常桑叶为食，以素雅为食，汲取精华，吐出高贵，化蚕成诗。

文学艺术，是仰望星空之门，是走向文明高贵的心灵之门，也是让人想象美好、向往美好、追赶美好、享受美好的灯盏。没有仰望星空的诗意情怀，没有照亮人生内心的灯盏，没有"蜡炬成灰泪始干"的燃烧，是不可能为"蚕"成"茧"的，更不能吐出华美的"蚕丝"。没有蚕的境界，坐在高处迷茫，拥抱金钱苦恼，口嚼美食无味，看到灯光无亮，坐在花间无香，美人相伴寂寞。那我们的人生就没有诗意，也不会发出生命的光热。

有位古人说："要是没有花、月和美人，就不愿意活在这世上。"清朝雅士张潮对此说："无花月美人，不愿生此世界。"他还对此加了一句："要是没有文章、书画、围棋和美酒，就没有必要一定托生为人。"还有智者说，枉自托生为人活在这个世上的人，迫切应该深加反省；要是没有豪杰之士与文人，也不需要有这个世界。

因而，无知无识、无趣无味的人生，是缺乏意义的。

做那仰望星空的蚕吧，不一定成为文学家和艺术家，做一个普通劳动者就好。无论做什么，能够脚踏大地，眼望远方，不踩空，为世留香，哪怕是淡淡的一缕香也好，那也会是真正的"蚕"，诗意人生的"蚕"。

那我们得仰望星空，那我们得回归心灵。像蚕吃桑叶那样不停地读书，像蚕那样以终生精力为世间吐丝。那就让我们以书为友吧，那就让我们以文学为伴吧。一个钟情文学的人，一个钟情茅台美酒的人，这以蚕为喜的文字，作为本期《国酒文萃》前言吧，它表达了我对文学的敬仰和热爱。

宁新路

目录
Contents

品鉴

记忆

履痕

跨界

绝响

酒坊

品鉴

PIN JIAN

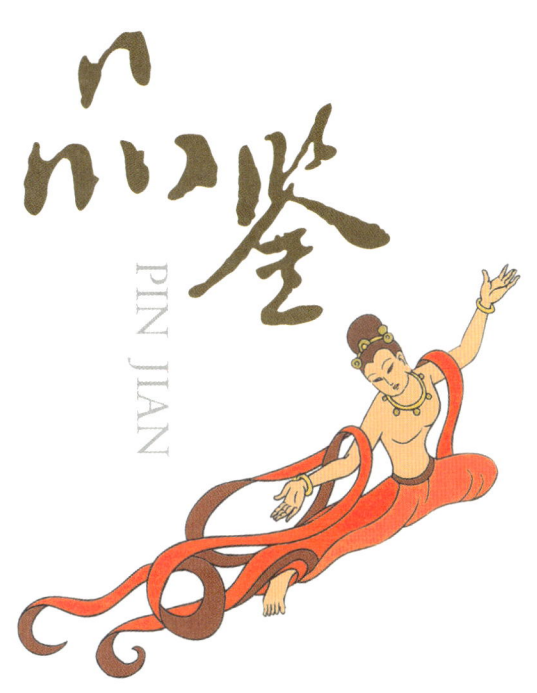

徐志摩：翡冷翠山居闲话

许钦文：花园底一角

张秀亚：杏黄月

李广田：花潮

（文字统筹／王世尧）

徐志摩

浙江海宁硖石人，现代诗人、散文家。原名章垿，字槱森，留学英国时改名志摩。他是新月派最著名的代表之一，是我国现代文学史上有着重要影响的诗人。代表作有《再别康桥》《翡冷翠的一夜》。1931年因飞机失事罹难。

翡冷翠山居闲话

在这里出门散步去，上山或是下山，在一个晴好的五月的向晚，正像是去赴一个美的宴会，比如去一果子园，那边每株树上都是满挂着诗情最秀逸的果实，假如你单是站着看还不满意时，只要你一伸手就可以采取，可以恣尝鲜味，足够你性灵的迷醉。阳光正好暖和，决不过暖；风息是温驯的，而且往往因为它是从繁花的山林里吹度过来他带来一股幽远的淡香，连着一息滋润的水气，摩挲着你的颜面，轻绕着你的肩腰，就这单纯的呼吸已是无穷的愉快；空气总是明净的，近谷内不生烟，远山上不起霭，那美秀风景的全部正像画片似的展露在你的眼前，供你闲暇的鉴赏。

作客山中的妙处，尤在你永不须踌躇你的服色与体态；你不妨摇曳着一头的蓬草，不妨纵容你满腮的苔藓；你爱穿什么就穿什么；扮一个牧童，扮一个渔翁，装一个农夫，装一个走江湖的桀卜闪，装一个猎户；你再不必提心整理你的领结，你尽可以不用领结，给你的颈根与胸膛一半日的自由，你可以拿一条这边颜色的长巾包在你的头上，学一个太平军的头目，或是拜伦那埃及装的姿态；但最要紧的是穿上你最旧的旧鞋，别管它模样不佳，它们是顶可爱的好友，它们承着你的体重却不叫你记起你还有一双脚在你的底下。

这样的玩顶好是不要约伴，我竟想严格的取缔，只许你独身；因为有了伴多少总得叫你分心，尤其是年轻的女伴，那是最危险最专制不过的旅伴，你应得躲避她像你躲避青草里一条美丽的花蛇！平常我们从自己家里走到朋友的家里，或是我们执事的地方，那无非是在同一个大牢里从一间狱室移到另一间狱室去，拘束永远跟着我们，自由永远寻不到我们；但在这春夏间美秀的山中或乡间你要是有机会独身闲逛时，那才是你福星高照的时候，那才是你实际领受、亲口尝味、自由与自在的时候，那才是你肉体与灵魂行动一致的时候；朋友们，我们多长一岁年纪往往只是加重我们头上的枷，加紧我们脚胫上的链，我们见小孩子在草里在沙堆里在浅水里打滚作乐，或是看见小猫追它自己的尾巴，何尝没有羡慕的时候，但我们的枷、我们的链永远是制定我们行动的上司！

所以只有你单身奔赴大自然的怀抱时，像一个裸体的小孩扑入他母亲的怀抱时，你才知道灵魂的愉快是怎样的，单是活着的快乐是怎样的，单就呼吸单就走道单就张眼看耸耳听的幸福是怎样的。因此你得严格的为己，极端的自私，只许你，体魄与性灵，与自然同在一个脉搏里跳动，同在一个音波里起伏，同在一个神奇的宇宙里自得。我们浑朴的天真是像含羞草似的娇柔，一经同伴的抵触，它就卷了起来，但在澄静的日光下，和风中，它的姿

态是自然的，它的生活是无阻碍的。

　　你一个人漫游的时候，你就会在青草里坐地仰卧，甚至有时打滚，因为草的和暖的颜色自然地唤起你童稚的活泼；在静僻的道上你就会不自主地狂舞，看着你自己的身影幻出种种诡异的变相，因为道旁树木的阴影在它们纡徐的婆娑里暗示你舞蹈的快乐；你也会得信口地歌唱，偶尔记起断片的音调，与你自己随口的小曲，因为树林中的莺燕告诉你春光是应得赞美的；更不必说你的胸襟自然会跟着漫长的山径开拓，你的心地会看着澄蓝的天空静定，你的思想和着山壑间的水声，山罅里的泉响，有时一澄到底的清澈，有时激起成章的波动，流，流，流入凉爽的橄榄林中，流入妩媚的阿诺河去……

　　并且你不但不须应伴，每逢这样的游行，你也不必带书。书是理想的伴侣，但你应得带书，是在火车上，在你住处的客室里，不是在你独身漫步的时候。什么伟大的深沉的鼓舞的清明的优美的思想的根源不是可以在风籁中，云彩里，山势与地形的起伏里，花草的颜色与香息里寻得？

　　自然是最伟大的一部书，葛德说，在他每一页的字句里我们读得最深奥的消息。并且这书上的文字是人人懂得的。阿尔帕斯与五老峰，雪西里与普陀山，莱因河与扬子江，梨梦湖与西子湖，建兰与琼花，杭州西溪的芦雪与威尼市夕照的红潮，百灵与夜莺，更不提一般黄的黄麦，一般紫的紫藤，一般青的青草同在大地上生长，同在和风中波动——它们应用的符号是永远一致的，它们的意义是永远明显的，只要你自己心灵上不长疮瘢，眼不盲，耳不塞，这无形迹的最高等教育便永远是你的名分，这不取费的最珍贵的补剂便永远供你的受用；只要你认识了这一部书，你在这世界上寂寞时便不寂寞，穷困时不穷困，苦恼时有安慰，挫折时有鼓励，软弱时有督责，迷失时有南针。

读徐志摩的《翡冷翠山居闲话》

施战军

　　徐志摩笔下的翡冷翠，在许多读者看来，这三个字组合起来是一位浪漫多情诗人的西洋范儿，可又带着中国传统士人的古雅秀美的修辞嗜好。试看，"佛罗伦萨"，则会让以上的想象大打折扣。在徐志摩的诗文中，翡冷翠，既可以是他个人经历的符码，也是他关于自如自由自然的梦的象征。它不再是一个实体地名，而是精神独白的发出者。

　　在这篇《翡冷翠山居闲话》中，翡冷翠是"恣意"和"自然"的所在。

　　"尊个性而张精神"，不仅是鲁迅一个人的主张，在"五四"一代文人那里，几乎是一种时代强势话语。当然，他们每一个人的个性精神的方位不同，鲁迅的"个人"觉醒，更多的倾重于对"国民性"的改造，社会启蒙理念相对较强；而留学英美的徐志摩的同人圈子，则更注重文人以及个性主体的"率性"选择，首先是自我的意愿与理想，往往在寄托的对象上不是社会启蒙派的"乡土""民众"和"家国"，更大程度上则是寄托于山水、异域风情与初心、情调。

　　徐志摩的《翡冷翠山居闲话》以散文诗的语言韵律和自由自在的观察、联想，甚至不太顾及具体的景物的勾画，活泛着的跳动着的是五光十色的"感触"，而不是景色本身。其实就是散步所得的心性札记。但是徐志摩的审美起点和落点都不在"孤独"上，而是在对"独自"的乐趣和妙谛的发现和享受之中。此文开头部分就是为美意而自得的，晴好的五月的向晚，光、风、味、气，无不和感官的愉悦相连；随意的打扮、随性的鉴赏，让闲暇之美产生令人向往的宽松和恣意。在这般情调下，轻音乐的旋律已经奏鸣于耳畔，但又仿佛是戴着耳机的倾听和感悟。果然，他说"不要约伴"，"只许你独身"，摆脱所有的锁链牵绊的分神，只享受难得的自我、自由、自在——"独身闲逛"的美趣，居然能够得到如此推崇，大概也就徐志摩能做到了。可是，徐志摩却又是一个分明在同人群落里享受"在一起"的荣耀的诗人，此文也大概是他内在的一个有趣的"分裂"情态的自表了。

　　但这篇诗性洋溢的散文，真正的落脚处既不是翡冷翠的物景，也不是调皮牢骚难得"独身"的境地，而是伟大的自然。

　　这自然如人之初的童真，是宇宙的音波，是未曾设定之舞，是随口片段的歌音，是莺燕告诉的春光，是天空静定，是山泉清响……徐志摩说，不仅不须应伴，也不必带书，因为"自然是最伟大的一部书"。人人都读得懂。中外山水间有着一致的意义，自然可以解决人在精神和物质上的一切疑难，并获得最贴心的力量。

　　这篇现代小品文的经典之作，是个性的记录，也是有腔调的现代绅士派随笔的代表作之一。　如果我们再参读冯至的《山水》、卢梭的《一个孤独漫步者的遐想》、里尔克的《论自然》，会发现庄子的"道我合一"的"现代性"庶几乎亦可做如是观。

施战军，《人民文学》杂志主编。中国作协主席团委员，山东大学文学博士，北京大学博士后。曾任山东大学文学院教授、副院长，中国作协鲁迅文学院副院长。著有《世纪末夜晚的手写》《爱与痛惜》《活文学之魅》等，主编有《新活力作家文丛》《中国当代文学研究资料汇编》《大地之魂书系》《自然文学书系》等大型书系10种，一百余卷。教育部新世纪优秀人才支持计划入选者，全国文化名家暨四个一批人才入选者，全国新闻出版行业领军人才入选者。中国小说学会副会长，南京大学文学院兼职教授。

许钦文

浙江山阴人。是中国现代文学史上著名的乡土作家、教育家。主要著作有《短篇小说三篇》《故乡》《毛线袜及其他》《回家》《赵先生的烦恼》《鼻涕阿二》《仿佛如此》《幻象的残象》《若有其事》《蝴蝶》《西湖云月》《无妻之累》等。

花园底一角

荷花池和草地之间有着一株水杨，这树并不很高，也不很大，可是很清秀，一条条的枝叶，有的仰向天空，随风摆宕，笑嘻嘻的似乎很是喜欢阳光底照临；有的俯向水面，随风飘拂，和蔼可亲的似乎时刻想和池水亲吻；横在空中的也很温柔可爱，顺着风势摇动，好像是在招呼人去鉴赏，也像是在招呼一切可爱的生物。

在同一池沿，距离这水杨两步多远的地方，有着一株夹竹桃；这灌木比那水杨要矮，也要小，轮生着的箭镞形的叶子，虽然没有像那水杨底清秀，可是很厚实，举动虽也没有像那水杨底活泼，

可是庄严而不呆板。

比较起来，自然，可以说水杨是富于柔美的，夹竹桃是富于壮美的。荷花池并不广，靠池一边的草地也不长，有了这两株植物，看去已经布满了池和地底界线，这在现在，自然也可以说是水杨和夹竹桃，筑成了荷花池和草地底界线了。

在草地上，看去最醒目的，除了高高地摇摇摆摆着的一丈红，要算紧贴在墙上的绿莹莹的叶丛中底红蔷薇了。如果视线移近点地面，就可在墙脚旁看到凤尾草，还有五爪金龙，在一丈红底近旁又有蒲公英和铺地金，还有木香；还有牵牛花，昂着头，攀附着一丈红，似乎想和这直竖着的草茎争个高下。至于紧贴在地面的，虽然看去只是细簇簇碧油油，好像是柔软的茵褥，可是如想仔细地弄清楚，不但普通中学校底博物教师要"嗳——""嗳——"地说不出所以然，就是大学校生物系里底教授，也难免皱一皱眉头呢。

在池中，一眼看去，似乎水面上只有荷叶和荷花，可是仔细再看，就可以知道还有莲房，还有开着小黄花的萍蓬草。其实，只是荷叶和荷花，也就够多变化够热闹了。荷叶有平展着圆盘浮在水面上的，有黄伞般在空中摇摆着的，有一半已经展开一半还卷着勇气勃勃地斜横着的，有刚露出水面还都紧紧地卷着富于稚气的；也有兜着水珠把阳光反映得灿烂炫目的，也有已经长得很高，却未展开叶面，勇敢无比地挺着，显得非常有希望的。荷花，已经开大的好像盛装着的美女正在微笑地出神，还只开得一点的仿佛处女因为怕羞只在暗中偷偷地笑的样子。

在水面，没有荷叶或者萍蓬草浮着的地方，时时可以看到突然露出一个青蛙底头来，或者一条细小的蛇昂着头弯弯曲曲缓缓地游过。水中有水虱，又有水蚤，还有许多形态很不雅观，却很强有力而自以为是的生物，如蚂蟥泥鳅之类。

可是，在这池面上，最富生气的总要算是徘徊其间的蜻蜓了，他有着圆大的眼睛，看得很仔细，而且看得很快，只需一瞥，他就了然了，虽然他底翅子很单薄，尾巴也很瘦小，但是身子并不笨重，而且原动力还强，所以毫无驾驭不住的情形，很自在地游行飞舞其间，有时停在荷花底瓣上，使得荷花点一点头，有时停在萍蓬草上，使得花梗弯一弯腰。不消说，因为他，池面上增了不少生趣。他也觉得这环境委实好，池中固然丰富，池旁底草地上还有着这样多的花木。因为有着水杨和夹竹桃，虽在太阳照得很凶猛的时候，也有阴荫可以避暑，却仍可以望见蔚蓝的天空，因为树底枝叶并不遮住全池面，傍晚也可以望见晚霞，夜中还可以见到星星和月亮。但使他徘徊着的主因，却是因为池旁草地上有着一只华美的蝴蝶。说是华美，还得解释清楚点，这固然不是像一般盲从时髦的小姐们底一味地花花绿绿，也并非像专尚漂亮底只是奇形怪状，照实具体地说，就是她底色彩形态，并没有什么奇特的成分，只是因为配合得适度，所以很是悦目了。就是她底举动，也并没有什么是异乎寻常的，但是因为处处都很适当，就觉得是温和大方，使得蜻蜓看了，不由地心弦剥剥地猛跳，凝思神往，如痴欲狂了。

比方地说，这蝴蝶具有的美，宛如水杨所有的柔美，蜻蜓所有的恰是夹竹桃底壮美。

几乎忘却，还有些事物不得不在这里补叙一下了，就是在这美妙的景物间，还有着一只癞虾蟆常在其中不管三七二十一地制丑感，不知道它是因为妒忌，还是因为它本是除了饥饱的感觉就什么也不明白了的，总之它有时忽在草地上出现，就对着飞舞得正在出神的蝴蝶说，"吃掉你，让我来吃掉你这蝴蝶罢！"

有时它忽在荷花池中出现了，也就对着飞舞得兴致正浓的蜻蜓说，"吃掉你，让我来吃掉你这蜻蜓罢！"

但是这并不十分使得蜻蜓为难，因为癞虾蟆讨厌虽然很讨厌，却并没有翼翅，只要不飞近它去，它是奈何渠们不得的。使得他为难的，却是张在水杨和夹竹桃之间的蜘蛛网。因为，已经说过，蜻蜓徘徊池中的主因，就是为着草地上底蝴蝶，就是，徘徊的目的是想和蝴蝶去接近，有着这蜘蛛网，他不能直向草地飞去了。他一见着那可爱的蝴蝶，总也就见着这可怕的网了。这网底一端附着在水杨底横着的枝子，另一端附着在夹竹桃底叶上面，还有一端附着在生在池旁的蒲公英底花托，被风吹着的时候，只是凸

一凸肚子，使得所附着的枝叶颤抖一下，很是牢不可破的样子。因此，蜻蜓觉得蝴蝶虽然万分可爱，她却好像是在盛大的荆棘丛中，也像是在凶猛的虎口中的了。

或者以为荷花池和草地之间并非一张蜘蛛网所能阻住，必还另有路可通行，否则癞虾蟆怎能忽在池中出现，忽又在草地上出现了呢？可是蜻蜓和癞虾蟆，形态固然不同，性情也很不一样。癞虾蟆底形体虽然比蜻蜓底大，可是它只要有着它底尖尖的头过得去的缝子，就能做扁身子钻过去了。蜻蜓不行，他飞行必得展开着四翅，而且他不愿偷偷地爬什么缝子，更其是为着爱者，他以为示爱的行为必须光明正大，勇敢热烈，决不能是鬼鬼祟祟的。

他也明白，他底翅子是受不起蜘蛛网底打击的，但他觉得他底爱火为着他底爱者蝴蝶姑娘猛烈地燃烧，有着强大的热力，以为无须顾忌什么障碍，尽可勇往直前。他又以为如果冲不破这道蜘蛛网，也就是没有资格去爱那可爱的蝴蝶姑娘的了。

这时太阳已只留下余光，池水反映着五彩的晚霞，显得很是沉静，紧贴在墙上的绿莹莹的蔷薇底枝叶，已有点暗沉沉辨不明叶子底轮廓了。蝴蝶姑娘绕着攀附在一丈红的牵牛花缓缓地飞舞，很是安闲很从容地在那里欣赏晚景，蜻蜓知道她不久就要归她底窠去，天一黑就将看不见她，以为如不趁着这时向她有所表示，难免交臂失之了。于是他就下了决心，赶紧向着草地底反对方向飞去，一直飞到边上，他才旋转身来，用着全力鼓动翅子，直向蝴蝶姑娘底一边飞去。可是到了水杨和夹竹桃筑成的界线上，嗤的一声，他底头和两只前翅已被蜘蛛网黏住。他并不惊慌，也毫没有退却的心思，只是一心想用他底最后的力来冲破这网，终于达到亲近蝴蝶姑娘的目的；于是尽力挣扎，可是结果只是脚和两只后翅也被蜘蛛网紧紧地黏住了。虽然这网已有一大部分被他冲破了，但他依然不能脱身，他底身上已经缠满了网丝，而且已经疲倦得乏了力，而且癞虾蟆也已一摇一摆地爬到了他底身下，掀着长舌头高兴地说："吃掉你，让我来吃掉这蜻蜓罢！"

他想呼救，但他觉得呼救也是无益的，只是表示了弱态罢了。他仍然镇定着静默。

　　忽然空中吹过一阵微风，所有的一丈红和攀附着的牵牛花都跟着点了点头；荷花、荷叶和莲房也都摇摆了一下，水杨和夹竹桃底枝叶也都跟着飘动，只是水杨摆宕得厉害点，夹竹桃摆宕得轻微点，蒲公英等小草也都弯了弯腰，似乎都在代替蜻蜓叹惜。蜻蜓自己也因为受了蜘蛛网被风激动的影响，不禁打了个寒战，也就感到一阵凄凉。然而，他并不认为这是苦痛的，他却以为这是甜蜜的，因为他觉得蝴蝶姑娘就将为他表同情，就将向他飞来，用着她底温柔的手解除缠着他的网丝了。他又以为就是终于摆不脱这网丝，终于只得在这缠绕的网丝中死去，临终有着她底温柔的手抚摩，这已够幸福，足以安慰，也是足以自傲的了。

爱意充盈的小世界

——许钦文《花园底一角》赏析

顾建平

　　许钦文的散文《花园底一角》，这篇堪称中国新文学初期散文标本一样的作品，对习惯于速读、浏览的当代年轻读者，是耐心和细心的严格考验。

　　《花园底一角》有着明显的时代特征。除了文章的用词——最显眼的是标题上的"底"，相当于今天我们用于修饰词后面的"的"，此外，这种意象密集的、静态的、工笔细描的写景散文，也是新文学初期才有的文章样式。现在已经很少有人写《花园底一角》这种风格的散文作品了。

　　将近三千字的篇幅，都是写某处花园一角的布局、景物，花草树木水池的形态，此处也是水虱、蝴蝶、蜻蜓、蜘蛛乃至癞蛤蟆等小生物栖息繁衍的乐园。因为作者观察细致、童心未泯、爱心洋溢，这往往被他人忽视的花园一角，竟也充盈着勃勃生机，小生物乃至花草树木都呈现着各自的爱愁悲喜，演绎着自己的生命故事。物象之繁杂，事态之细微，几乎到了"浓得化不开"的地步，但是读者在悠闲的时日、松弛的心态下，依然能够体会到作者灌注在散文里的柔情、爱意与惆怅。思想浅直单纯，一派新文学初期的天真气象，而隔着时间距离我们看到的，却是清新可爱。

文学与绘画是相通又相异的艺术。绘画最初的功用是描摹人与物，以存其真相，并传导给他人、异地或后世，所以早先绘画的最高标准，是逼真传神、穷形尽相。但照相机发明以后，传真与保存的难题已经被新技术轻易地解决，绘画标准由此发生巨大的变革，精细准确的描绘已经不再是绘画的使命和鹄的。文学的包容量要比绘画宽大得多，文学中的物象描写是为动态的人乃至演进中的故事服务的，物象描写一直是文学的重要手段，只是比例在不断缩小，这跟传媒发达、读者见多识广不无关联。

许钦文这个名字现在对于人们已经相当陌生。但在 20 世纪二十年代，他得到鲁迅先生悉心指导扶持，文学创作成绩斐然，甚至被鲁迅作为"乡土作家"代表选进《中国新文学大系》。乡土作家对大地上的一切事物都有天然的亲近感，深情、念旧，因为热爱自然而热爱生活。俄罗斯近代文学就天然具有乡土文学基因，我们在俄苏文学作品中，经常能读到大段大段关于天空、旷野、森林、河流、道路的景物描写，辽阔而忧伤。《花园底一角》描写的只是方寸之地，一个微不足道的小世界，但作者在其中寄寓的情感含量丰富而广大。

20 世纪 30 年代初许钦文卷入一场离奇的三角恋爱，一度成为媒体舆论关注的焦点。他的妹妹许羡苏与鲁迅也有过交集。中华人民共和国建立后，许钦文只写了与鲁迅相关的一些回忆文章，去世之初有散文选集、小说选集刊行于世。因为鲁迅的巨大影响力，和他本人对新文学建设的积极参与，许钦文一直是中国新文学史不可忽略的重要名字。

顾建平，江苏张家港市人，1968 年出生，1984-1991 年就读于北京大学中文系，文学硕士。1986 年开始发表文学作品，2000 年加入中国作家协会，著有评论随笔集《无尽藏》等。曾任北京出版集团北京十月文艺出版社副总编辑、《十月》杂志副主编，中国作家协会《长篇小说选刊》主编兼《中华辞赋》杂志总编辑，现任中国作家协会《小说选刊》编辑部主任。编审，安徽省新安画院院务委员。

张秀亚

女，作家。河北沧县人，祖籍河南，台湾著名作家。曾任辅仁大学中文系教授。笔名陈蓝、张亚蓝。幼年时全家迁居天津。1932年入省立第一女师。1935年开始在《益世报文学周刊》《国闻周刊》发表作品。第一首诗作《夜归》现收入诗集《秋池畔》。1937年出版第一本小说集《大龙河畔》。她以散文著称，风格新颖清丽，意境深远，在海内外华语文学中有着广泛影响。她著作颇丰，《杏黄月》曾为家喻户晓的名篇。

杏黄月

杏黄色的月亮在天边努力地爬行着，企望着攀登树梢，有着孩童般的可爱的神情。

空气是炙热的，透过了纱窗——这个绿色的罩子，室中储蓄了一天的热气犹未散尽，电扇徒劳地转动着。桌上玻璃缸中的热带鱼，活泼轻盈地穿行于纤细碧绿的水藻间，鳞片上闪着耀目的银光。——这是这屋子中唯一出色的点缀了，这还是一个孩子送来的，他的脸上闪烁着青春的光彩，将这一缸热带鱼放在桌子上：

"送给你吧！也许这个可以为你解解闷！"

鱼鳞上的银光，在暮色中闪闪明灭，她想，那不是像人生的希望吗？闪烁一阵子，然后黯然了，接着又是一阵闪光……，但谁又能说这些细碎的光片，能在人们的眼前闪耀多久呢？

杏黄月渐渐地爬到墙上尺许之处了，淡淡的光辉照进了屋子，屋子中的暗影挪移开一些，使那冷冷的月光进来。

门外街上的人声开始嘈杂起来，到户外乘凉的人渐渐的多了，更有一些人拥向街口及更远的通衢大道上去，他们的语声像是起泡沫的沸水，而隔了窗子，那些"散点"的图案式的人影，也像一些泡沫：大的泡沫，小的泡沫，一些映着月光的银色泡沫，一些隐在黝黯中的黑色泡沫，时而互相的推挤着，时而又分散开了，有的忽然变大了，闪着亮光，有的忽然消灭了，无处追寻。

忽然有个尖锐而带几分娇慵的声音说：

"月亮好大啊．快照到我们的头顶上了。"

接着是一阵伴奏的笑声，苍老的，悲凉的，以及稚气的，近乎疯狂的：

"你怕月亮吗？"

玻璃缸中的热带鱼都游到水草最密的方向去了。

街上的嘈杂的人语声、欢笑声，暂时沉寂了下来。

谁家有人在练习 吹箫，永远是那低咽的声音，重复着，重复着，再也激扬不起来了。

月亮也似仍在原来的地方徘徊着，光的翅翼在到处扑飞。

门外像有停车的声音，像是有人走到门边……她屏止了呼吸倾听着。

那只是她耳朵的错觉，没有车子停下来，也没有人来到门前，来的，只有那渐渐逼近的月光。

月光又更亮了一些，杏黄色的，像当年她穿的那件衫子，藏放在箱底已多久了呢，她已记不清了。

没有开灯，趁着月光她又将桌子上的那封老同学的信读了一遍，末了，她的眼光落在画着星芒的那一句上：

"我最近也许会在你住的地方路过，如果有空也许会去看看你。"

也许……也许……她脸上的笑容，只一现就闪过去了，像那些热带鱼的鳞片，悠然一闪，就被水草遮蔽住了。

水草！是的，她觉得心上在生着丛密的水草，把她心中那点闪光的鳞片，那点希望都遮住了。

她快快地将信叠起，塞在抽屉底一些旧信中间。

那低咽的箫声又传来了，幽幽的，如同一只到处漫游的光焰微弱的萤虫，飞到她的心中，她要将它捕捉住……对，她已将它捕捉住了，那声音一直在她的心底颤动着，且萤虫似的发着微亮。

她像是回到了往日，她着了那件杏黄的衫子轻快地在校园中散步，一切像都是闪着光，没有水草，……是的，一切都是明快朗丽的，没有水草在通明的水面上散布暗影，年轻的热带鱼们在快活地穿行着，于新鲜的清凉的水里，耳边、窗外、街头没有嘈杂的声音传来。那些女孩子们说话的时候，也没有这么多的"也许，也许"，她们只是写意地在那园子里走着，欣赏着白色花架上的茑萝，一点一点地嫣红的小花，"像是逸乐，又像是死亡。"她记得她们中间有一个当时如是说。那是向着那盛开的茑萝，向着七月的盛夏说的，其实什么是逸乐什么是死亡，她那时根本不了解，也因为如此，觉着很神秘，很美。她想，她永远不会了解前一个名词的意义了。

她睁开眼睛，又大又圆的月亮正自窗外向她笑着，为她加上了一件杏黄的衫子，她轻轻地转侧：

"一件永不褪色的衫子啊。"

月光照着桌子上的玻璃鱼缸，里面的热带鱼凝然不动，它们都已经睡去了，在那个多水草的小小天地里。

箫声已经听不见了，吹箫的人也许也已经睡了，呜咽的箫已被抛弃在一边，被冷落在冷冷的月光里。

夜渐渐地凉了，凉得像井水。夜色也像井水一样，在月光照耀不到的地方作蔚蓝色，透明而微亮的蓝色。

她站在窗前，呼吸着微凉的空气，她觉着自己像是一尾热带鱼，终日在这个缸里浮游着，画着一些不同的圆，一些长短大小不同的弧线。

她向着夜空伸臂画了一个圆圈，杏黄色的月亮又忍不住向她笑了，这笑竟像是有声音的，轻金属片的声音，琅琅的。

重读张秀亚

冯秋子

　　《杏黄月》，是出生于大陆，抗战时任陪都重庆《益世报》副刊编辑，抗战胜利后任教辅仁大学，1948 年到台湾，先后任台中静宜英专和复校的辅仁大学中文系及研究所教授，2001 年 83 岁时于美国逝世的女作家张秀亚所作。在大陆时，张秀亚已发表数量可观的诗作并出版小说集，赴台后形成量和质的突进，诗、散文和小说的写作在汉语写作和阅读人群中有持续有质的声誉，位在当代台湾八女作家（即林海音、孟瑶、徐钟佩、张秀亚、琦君、谢冰莹、罗兰、苏雪林）中。

　　《杏黄月》有现代作家常见的散文小说化印迹，即散文的小说化笔法。这样写作益处之一是便于捕捉，而在作者张秀亚，捕捉功力是为长项，她敏锐、速捷、细致，极富耐心地往前、往里、往深处探究，以至短小的篇幅里，凡进入场域的物事人声，任其布设，回环应照，严谨有序，有如好的舞台剧作，内里出现的无一是虚设。

其二是有距离的写作，作者与篇中人物，难说没有关联，主观的、个性化的体验和雕刻师一般的刀功之精准传神，令人信服。距离成就的空间，在这里发挥出效力，在是我非我之间，人物内心的关注格局有了更为广泛的含义，从自我升跃到普遍意义，并置身超凡脱俗的语境，而人事、情事和物是人非尽在月色千年不变的交流轮替中竞相错落，走不出来的该是怎样一些人呢？等待爱与经受爱，以及背负不了或终成为爱的骷髅，传递出不堪回首的决然与无痕那样的美学意味，寂美、戚悲、隐哀。

叙述，张秀亚在行文中得心应手。叙述是写作者的硬功夫，叙述能力检验作者的准备、信心、可能与其韧性。叙述是作者在"晾家伙"，见诸其"本事"，正经的、最有力的伸缩在握的作者，总是以最小的"家伙"，道出深谙的本领和主张。张秀亚的应战，不动声色，层层递进，前面参与进来的元素，后面自然地、稳准狠地楔子似的介入，像是埋在定点的爆破物，总有实用的时候。叙述也是张秀亚"传道"的过程，把人物外部含蓄的秩序和内心繁复的道理，顺致示与。她的高难动作，是以常态的文字，完成不同凡响的昭展。于无声处，见出分晓。在小的动静中，溶解经纬、纵横捭阖。有时候读着细微的铺垫，觉得就要失去耐心，作者即刻给出的却是超出个人一己意味的洞见，或者说是经久不衰的理路，力挽迷茫的人心。

张秀亚的文字内敛，意韵含蓄，出手自然，善于常态中渐出厉害的动静，是经得起琢磨的相对上乘的写作。她的目光有些力道，以文人和文气，道尽千古怀想。这里，仅拿张秀亚的一篇作品《杏黄月》为例窥探，借此向前辈作家的勤勉努力致意，从中赏鉴她的积累和完善，见识个人曾经勇敢应对的复杂作战，和她临战的投入和准备，她的不竭气力最终所达成的贡献与对后来者的鼓励。

冯秋子，中国新散文代表作家。出版《寸断柔肠》《生长的埋藏的》《圣山下》《朝向流水》《塞上》《丢失的草地》《舞蹈的皱褶》《冻土的家园》等多种散文集，其中《寸断柔肠》获首届冰心散文奖、《圣山下》获首届中国西部散文奖、《朝向流水》获第三届在场散文奖；作品获《人民文学》年度散文奖、《北京文学》老舍散文奖、在场新锐散文奖、《散文选刊》年度华文最佳散文奖等，先后三次入选全国优秀散文十佳排行榜。

李广田

现代著名散文家。号洗岑，笔名黎地、曦晨等。
山东邹平人。著有散文集《画廊集》《银狐集》《雀
蓑集》等。

花潮

　　昆明有个圆通寺。寺后就是圆通山。从前是一座荒山，现在
是一个公园，就叫圆通公园。

　　公园在山上。有亭，有台，有池，有榭，有花，有树，有鸟，
有兽。

　　后山沿路，有一大片海棠，平时枯枝瘦叶，并不惹人注意，
一到三四月间，真是花团锦簇，变成一个花世界。

　　这几天天气特别好，花开得也正好，看花的人也就最多。"紫
陌红尘拂面来，无人不道看花回"，办公室里，餐厅里，晚会上，

道路上，经常听到有人问答："你去看海棠没有？""我去过了。"
或者说："我正想去。"到了星期天，道路相逢，多争说圆通山
海棠消息。一时之间，几乎形成一种空气，甚至是一种压力，一
种诱惑，如果谁没有到圆通山看花，就好像是一大憾事，不得不
挤点时间，去凑个热闹。

　　星期天，我们也去看花。不错，一路同去看花的人可多着
哩。进了公园门，步步登山，接踵摩肩，人就更多了。向高处
看，隔着密密层层的绿荫，只见一片红云，望不到边际，真是
"寺门尚远花卉来，漫天锦绣连云开"。这时候，什么苍松啊，
翠柏啊，碧梧啊，修竹啊，……都挽不住游人。大家都一口气
地攀到最高峰，淹没在海棠花的红海里。后山一条大路，两旁，
四周，都是海棠。人们坐在花下，走在路上，既望不见花外的青天，
也看不见花外还有别的世界。花开得正盛，来早了，还未开好，
来晚了已经开败，"千朵万朵压枝低"，每棵树都炫耀自己的
鼎盛时代，每一朵花都在微风中枝头上颤拌着说出自己的喜悦。
"喷云吹雾花无数，一条锦绣游人路"，是的，是一条花巷，
一条花街，上天下地都是花，可谓花天花地。可是，这些说法
都不行，都不足以说出花的动态，"四厢花影怒于潮"，"四
山花影下如潮"，还是"花潮"好。古人写诗真有他的，善于
说出要害，说出花的气势。你不要乱跑，你静下来，你看那一
望无际的花，"如钱塘潮夜澎湃"，有风，花在动，无风，花
也潮水一般地动，在阳光照射下，每一个花瓣都有它自己的阴影，
就仿佛多少波浪在大海上翻腾，你越看得出神，你就越感到这
一片花潮正在向天空向四面八方伸张，好像有一种生命力在不
断扩展。而且，你可以听到潮水的声音，谁知道呢，也许是花
下的人语声，也许是花丛中蜜蜂嗡嗡声，也许什么地方有黄莺
的歌声，还有什么地方送来看花人的琴声，歌声，笑声……这
一切交织在一起，再加上风声，天籁人籁，就如同海上午夜的
潮声。大家都是来看花的，可是，这个花到底如何看法？有人
走累了，拣个最好的地方坐下来看，不一会，又感到这里不够好，
也许别个地方更好吧，于是站起来，既依依不舍，又满怀向往，

慢步移向别处去。多数人都在花下走来走去，这棵树下看看，好，那棵树下看看，也好，伫立在另一棵树下仔细端详一番，更好，看看，想想，再看看，再想想。有人很大方，只是驻足观赏；有人贪心重，伸手牵过一枝花来摇摆，或者干脆翘起鼻子一嗅，再嗅，甚至三嗅。"天公斗巧乃如此，令人一步千徘徊"。人们面对这绮丽的风光，倒是徒唤奈何了。

老头儿们看花，一面看，一面自言自语，或者嘴里低吟着什么。老妈妈看花，扶着拐杖，牵着孙孙，很珍惜地折下一朵，簪在自己的发髻上。青年们穿得整整齐齐，干干净净，好像参加什么盛会，不少人已经穿上雪白的衬衫，有的甚至是绸衬衫，有的甚至已是短袖衬衫，好像夏天已经来到他们身上，东张张，西望望，既看花，又看人，洋气得很。青年妇女们，也都打扮得利利落落，很多人都穿着花衣花裙，好像要与花争妍，也有人擦了点胭脂，抹了点口红，显得很突出，可是，在这花世界里，又叫人感到无所谓了。很自然地想起了龚自珍《西郊落花歌》中说的，"如八万四千天女洗脸罢，齐向此地倾胭脂"，真也有点形容过分，反而没有真实感了。小学生们系着漂亮的红领巾，带着弹弓来了，可是他们并没有射击，即便有鸟，也不射了，被这一片没头没脑的花惊呆了。画家们正调好了颜色对花写生，看花的人又围住了画花的，出神地看画家画花。喜欢照相的人，抱着相机跑来跑去，不知是照花，还是照人，是怕人遮了花，还是怕花遮了人，还是要选一个最好的镜头，使如花的人永远伴着最美的花。有人在花下喝茶，有人在花下弹琴，有人在花下下象棋，有人在花下打桥牌。昆明四季如春，四季有花，可是不管山茶也罢，报春也罢，梅花也罢，杜鹃也罢，都没有海棠这样幸运，有这么多人，这样热热闹闹地来访它，来赏它，这样兴致勃勃地赶这个花开的季节。还有桃花什么的，目前也还开着，在这附近，就有几树碧桃正开，"猩红鹦绿天人资，回首夭桃恼失色"，显得冷冷落落地待在一旁，并没有谁去理睬。在这圆通山头，可以看西山和滇池，可以看平林和原野，可是这时候，大家都在看花，什么也顾不得了。

看着看着，实在也有点疲乏，找个地方坐下来休息一下吧，哪里没有人？都是人。坐在一群看花人旁边，无意中听人家谈论，猜想他们大概是哪个学校的文学教师。他们正在吟诗谈诗：

　　一人吟道："泪眼问花花不语，乱红飞过秋千去。"

　　一个说："这个不好，哪来的这么些眼泪！"

　　又一个吟道："一片花飞减却春，风飘万点正愁人。"

　　又一个说："还是不好，虽然是诗圣的佳句，也不好。"

　　一个青年人抢过去说："'繁枝容易纷纷落，嫩蕊商量细细开'，也是杜诗，好不好？"

　　一个不等他说完就接上去："好是好，还不如龚定庵的'落红不是无情物，化作春泥更护花'，有辩证观点，乐观精神。"

　　有一个人一直不说话，人家问他，他说："天何言哉，四时兴焉，万物生焉，天何言哉。桃李无言，下自成蹊。你们看，海棠并没有说话，可是大家都被吸引来了。"

　　我也没有说话。想起泰山高处有人在悬崖直刻了四个大字："予欲无言"，其实也甚是多事。

　　回家的路上，还是听到很多人纷纷议论。

　　有人说："今年的花，比去年好，去年，比前年好，解放以前，谈不到。"

　　有人说："今天看花好，今夜睡梦好，明天工作好。"

　　有人说："最好早晨来看花，迎风带露的花，会更娇更美。"

　　有人说："雨天来看花更好，海棠着雨胭脂透，当然不是大雨滂沱，而是斜风细雨。"

　　有人说："也许月下来看花更好，将是花气氤氲。"

　　有人说："下星期再来看花，再不来就完了。"

　　有人说："不怕花落去，明年花更好。"

　　好一个"明年花更好"。我一面走着，一面听人家说着，自己也默念着这样两句话：

　　　　春光似海，
　　　　盛世如花。

20世纪60年代散文和作家的典型代表
——李广田《花潮》分析

马相武

　　按照我的看法，李广田的此篇散文有很大的代表性。代表到什么程度呢？现代到当代相当大一部分散文的写法与之类似。古往今来，花事散文数不胜数，只是写得特别好的少之又少。为什么呢？雷同！雷同其实是惹人生厌的，即使你有不雷同之处。还有，刻意模仿前人诗文也是令我不适的阅读体验，无论你模仿谁过于刻意。即使你去模仿一个冲淡的散文大家到了刻意地步，也不可取。所以，李广田散文写得再好，你却最好不要去模仿得太像。只要有一点点意思即可。李广田本人和散文本身，不消说，时代痕迹是无法避免的。包括所谓"文学老师"们的诗化或理想化的刻意对话议论。杨朔和许多现当代的各个时期的散文名家都有同样的痕迹，而且有过之无不及。那么问题来了：作家甚至艺术家到底要不要保留或留下时代痕迹？这个已经不只是语言

问题，甚至不只是一个诗学问题，也不仅仅是个政治问题。其实，都有关联。不过我在这里更愿意把它看成是一个暂时不予展开的美学问题，不过至少不必过于刻意。我们有一个惯用术语叫历史局限，不过许多年不提了。

从评论到文学史，从老师到学生，向来普遍看重此篇，发表当时便成了名篇而影响深远。

作者笔下的花潮，不乏高度理想化的议论和描写，有意从视觉、听觉和想象后的感觉上极写花潮、人潮、鸟语花香、各种景观、音响和感受，自觉多用口语化叙述介绍和精选诗词提炼引用，加大语言的寓意、内涵和意象的丰富性。从中我们看出了一个出身诗人的散文家的古诗文挥洒，靠近小说写法的散文文体的印记，当然更有这个作家兼社会活动家所特有的社会时代脉搏的激荡，对于美好幸福生活的拥抱，以及真挚、厚朴和多情的散文语言特质。

马相武，当代著名文学理论家，中国人民大学教授。1991年起在中国人民大学历任教研室主任、华人文化研究所所长、人文奥运研究中心研究员、台港澳研究中心特邀研究员、中文系教授、博士生导师等众多职务，并作为评论家活跃于当代文坛，长期从事当代文化研究与文艺评论，出版《二十一世纪文化观察》《旋转的第四堵墙》《东方生活流新写实小说精选》等著作多部。另有文艺理论编著十余部。

记忆
JI YI

（文字统筹／宁新路）

李国文 —————————

1957 年在《人民文学》发表处女作《改选》。
1986 年到中国作协，任理事、主席团委员、《小说选刊》主编。著有长篇小说《冬天里的春天》《花园街五号》《危楼记事》、中短篇小说集《第一杯苦酒》《电梯谋杀案》《洁白的世界》等。随笔杂文集《楼外谈红》《大雅村言》《中国文人的非正常死亡》《中国文人的活法》《李国文说唐·说宋·说明·说清》《李国文新评〈三国演义〉》等。作品曾获首届茅盾奖，首届、第二届鲁迅文学奖，全国优秀短篇小说奖。

绿色的赞歌

1957 年的 8 月，在《人民文学》杂志上，发表了我的第一篇作品《改选》，随后受到严厉批判。次年，我就被下放到了新建铁路的隧道工程队，位于豫西北、晋东南交界处的大山深处，劳动改造。

离开京城时，还是满城飞花的五月天，寒意袭人。可我到了河南新乡，再由焦作到九府坟，村野田头，遍地青翠，河边渠畔，无不尽绿，已是春意盎然的初夏景象。再从九府坟搭上工程车，沿着丹河的临时公路，到我要去报到的工程队，那才是真正进入太行山区。一路颠簸磕碰，步步攀升，朝眼前的高峰方山前进，还要向更远的崇山峻岭驶去的时候，有生以来第一次见识到如此壮观宏大的绿，蓝天白云之下，重峦叠嶂之中，朝阳山坡上那浓浓的绿，阴山背窟里那淡淡的绿，草丛点缀着花朵那彩艳的绿，河水跳动着阳光那闪烁的绿，老树枯枝近乎苍黄的绿，菟丝牛蒡那柔曼荏弱的绿，无一不透露出蓬勃生机，也无一不展示出活泼生气。就在这触目皆绿的视觉冲击下，在车的前方，蜿蜒曲折的盘山道上，吸引住我眼光的，竟是一辆绿色加重的自行车，一位着绿色制服的骑车人，正吃力地推车爬坡。那行走的绿，那活动的绿，那不停歇地前进的绿，至今还是我记忆中最美丽的绿，最温暖的绿。

虽然，匆匆忙忙离开北京，奔赴工地，但对于自己的命运，未来的前景，充满了忐忑不安的焦虑；对于妻子的思念，孩子的牵挂，始终是推拭不去的阴影，但眼前这位推车者的倔强身影，却使我生出心理上的激动。尤其，我搭乘的这辆拉水泥的大解放，行驶到他身旁停了下来，估计是驾驶员或者在副驾驶位上坐着的干事，示意他上车载他一程，他笑了笑，摆摆手，这就更让我对他生出敬意。于是，车子就接着向前驶去，不一会，那绿单车绿制服的乡邮员，就落在视线以外了。凡修新线铁路，必先建简易公路，而这种简易公路是为汽车设计，而不考虑自行车的骑行，第一，坡度大，第二，路不平，第三，不搭桥梁顺山而建，不得不绕很大的弯。就在我们这辆卡车拐过一个山窿，才再次看到那位推车者的绿色身影，显然，他在抄近道的下山路上摔倒了，车子歪在一边，邮件散落满地，他正在忙着收拾。车突然停下，这位开车师傅太好心了，然后，原路倒回去。这样，我帮他将自行车架到车上，然后，他又递上绿色的"中华邮政"的挎包，这才翻身上车，拍拍驾驶室的棚顶，车又接着开动。这时，他第一个动作，是从我手里拿过装信件的绿色"中华邮政"挎包，郑重地抱在怀里。当时，感到他有些鲁莽，后来，熟悉了，知道这是他的职业习惯。因为这个挎包里，有挂号信，有汇款单，还有邮局特有的那种日戳。也许他察觉到我的神情变化，对我憨厚地一笑，

拍拍包说，这是我全部家当。接着他告诉我，他姓常，家住山下博爱尚庄，初中毕业，没有考上师专，现在做乡邮员。然后，腾出一只手来握住我，特别认真地说，往后，有事只管找我。

看来，这是一双牢靠可信的手，没想到，当我走出别样人生途中的第一步，碰到的第一位旅伴，是这样一位和善憨笑的绿衣使者。

乡邮员，对于生活在城市中的我来说，是第一次听说，也是第一次见到。那一步步推着自行车的身影，便是他们全部工作的艰苦写照。刮风下雨，天寒地冻，烈日当空，汗流浃背，他们都得在路上一步一个脚印行走，把万千挂念的平安家书，带给远方的亲人，又把殷勤嘱托的深情回信，送到家人的手中。这手托着心与心的思念，那手拉近地与地的距离，在天地山海之间，无处不留下这些最基层的乡邮员的踪迹。那时，我真的没想得那么远，离开京城，再回到古都，竟是磨炼熬煎了二十多年以后的事。在这期间，随着铁路工程队，走遍南北，除了深山，就是旷野，不知和多少乡邮员打过交道。粗略地算一笔账，每月往家汇一笔生活费，每月给家寄一封信，再收到家里寄来的一封信，二十多年，如此积累下来，那是相当惊人，也是相当辛酸的数字。然而，所有这些汇款和收发信件，无一不是要经过像小常这样牢靠可信的手，才得以完好无损地到达目的地啊！

在这个世界上，人与人的感情最值得看重的，是托付；同样，在这个世界上，人与人的信任最值得珍贵的，是担当。因此，我觉得，在这个世界上，绿衣使者，也许是最可托付的，更是最敢于担当的信得过的朋友。

卡车开到了隧道九队，就在那里将水泥卸下，当天还要原路返回九府坟。那位干事也不想在山上过夜，就对我说，你就跟这个乡邮员去隧七队吧，已经摇电话通知他们了。20世纪五十年代，没有手机这一说，工地甚至连拨号、按键的电话机也没有，只能靠手摇，由接线生转接。我不能说这位干事没有摇这个电话，很大可能是接电话的那头没当回事。幸好有这位乡邮员小常，正如那位干事，还包括热心的卡车师傅所讲，这一带的单位、工人，村庄、老乡，没有他不认识的，也没有不认识他的。说到这里，我看到小常脸上露出憨厚的笑。这样，我到太行山的第一餐饭，就是吃小常从家里带来的馍，第一夜晚，就是在小常的邮政点落脚。

山林的夜，很静，睡不着的我，不禁思索，天地很大，世界很广，人生无限，前途漫长，怎么活，不是活呢？挫折，也许只不过是生命中的一个插曲而已。只要山在，石在，泥土在，绿色就会在。而绿在，春在，温暖也会在。

我的这位乡邮员朋友，睡得很香，虽然他有一辆加重的自行车，但实际上只是装载邮件和包裹之用，他永远弯着腰推，很少看到他骑行，因此，他很劳累，他很辛苦，所以，一倒头就睡着了。后来，我还知道，他的收入实际很低，甚至舍不得多花钱在段部食堂买饭吃，总是从家里带来干馍。可他，乐乐呵呵，快快活活，他被大家所需要，他也乐意被大家所需要。由于他经常往返于山上山下，拜托他买个什么、带个什么，总是满口应承。甚至山村里的老乡，连针头线脑、大事小情，也好意思张嘴求他的。我还曾经陪他爬到山顶一户人家，送去那老爷子要抽的一口进嘴就吹掉余烬的怀庆府毛烟。总之，他活得很充实，他常勉励自己，我穿着这身制服，我是公家人，我得对得起它，李老师，你说是不是？

显然，昨天，那位干事在与我们分手前，将我的背景情况对小常说了一点，但我非常感激这位乡邮员，他却装作什么也不知道，始终友好如初，叫我老师，没嫌弃我，不隔阂我。第二天一早，他穿起那绿色制服，背着那绿色挎包，陪着我从段部到隧七队报到。第二工程段上属设在九府坟的第二工程处，下管三个隧道施工队，从三个方向开挖一条超长隧道。因为一下子拥进千把工人，再加上当地山村居民，博爱县邮局就在山里一个叫东铁村的村子，也是二段段部所在地，开设了这个邮政点。

正是夜班和白班交替的时刻，一路上，来来往往的工人师傅、技术员、队干部，还有家属，都会跟他点头打招呼。到了隧七队，进了队部，交班的，报表的，领料的，测量打杆的，虽然乱作一

团，但大家也不把他视作外人。小常找了一圈，抓住队里一位领导，一说，队长又开始摇电话。最后，终于明白怎么回事，这样，很快将我分到工班，于是，从那时那刻起，开始了我长达二十多年的别样人生。

　　小常站在坡下，看我背着铺盖卷，拎着洗脸盆，走向坡上我的工班工棚。本来呆站着看我的他，当我快要进工棚的时候，突然快跑了两步，追上来，伸出手抓住我，只说了两句话，一句是离得不远，一句是有空来坐。要不是小常转头很快走掉的话，我的泪水就会忍不住夺眶而出了。

　　他那绿制服，绿挎包，很快消融于满山遍野，林海苍翠，弥天漫地，天外青山山更青的视野之中，这是我一辈子难以忘怀的绿色。什么是春天呢？绿色就是春天，也是我始终想提起笔来礼赞绿色的隐衷。

王必胜

湖北荆门人。中共党员。1975年毕业于武汉大学中文系，1982年毕业于中国社科院研究生院新闻系，硕士研究生。1979年到北京广播学院工作，历任人民日报社编辑、文艺部副主任，高级编辑。1976年开始发表作品。1988年加入中国作家协会。著有人物传记《邓拓评传》，散文集《缪斯情结》《梦中的风景》，评论《鲁迅及其作品》等。

我的师友

想到写一写单位几位领导、同事，素描勾勒，是近来的事。

之所以写他们，因为朝夕相处，亦师亦友，也因各位又是文章大家或一方人物，他们身上某些东西，或多或少，可为历史存照。点滴印象，谓之小识。

老田

老田，原名田钟洛，苏北原籍，上海求学，上世纪五十年代

初到人民日报社。老田，为大家习惯称呼。他主持副刊多年，任文艺部主任多年。"文革"前与"文革"后，都是文艺部的头。单位同事，外面作者，年长年少，多以老田称之。一是当年不兴别扭的官名叫法，那样子显得俗气。二是他的慈祥和厚道，大哥大叔甚至大爷似的慈爱，你没法去生分地叫个官名来。

老田者，笔名袁鹰，颇为响亮的文名。查资料，袁鹰散文，在当代文学史上留有专门的评述和分析。早年中学课本收有他的《井冈翠竹》《红军路上》，以及儿童诗作。在那时，袁鹰散文集《风帆》和一些诗集也是多次印刷和行销的。

他创作凡七十多年，作品达数十部，可谓著作等身。他的散文，写事记人，情怀幽幽，触景生发，内涵深挚。早年作品，如上世纪五六十年代发表的上述名篇，有浓烈的现实感，细密的生活细节，充溢着对社会人生的激情思考。新时期开始，他正当盛年，创作了《十月长安街》《玉碎》和《京华小品》等意蕴深沉的散文，闻名一时。晚近的作品，侧重写史，回忆文坛往事，也不独是个人性回忆，展示的是不同时期社会文化的多重面貌。

他在中华人民共和国成立前加入共产党，投身学生运动和革命文化工作，后从上海《解放日报》到了人民日报社，直到一九八六年离休。几十年的新闻经历，政治大报中的风风雨雨，社会风云变幻，以及人事的是是非非，对于他，万千风云心底过，一支毛锥写纵横。而晚年更是以冲淡平和的态度，看取人生。也许，这种经历，谓之健在的元老级副刊前辈，并不为过。他稍胖，一副富态之相貌，一副善良宽厚心肠，一种对生活和名利淡然处之的心态，总让我们后辈心生敬重。我曾多次思忖，在文坛，在报界，在单位，在官场，周围的人有谁的资历还可与他比肩，又有谁的文化风范可与之相匹？好像没有。就他参与的文化事件，他与多位文化名家和政界大佬的交往，翰墨之谊，也能说明。他的经历，可以说是一部活的新闻副刊史。

老田今年九十又一，精神头不错，说话仍然洪亮，也健谈，还幽默。虽耳朵有点背，腿脚因一次摔跤后没有痊愈，但九十高龄的人，气色和精神状态，不逊于年轻人。尤其是脑子清晰，记忆力不减。近年来，他常有忆旧文章问世。几十年的往事故人，他写来随心得手。他写作时，多爱用粗头钢笔，用力强硬，书写文字劲道有力如书法味道。他记忆过往，以史记事，史与情交融，文化名家的过从，政治人物的情怀及文章风貌，副刊作者的故事等，有着特别味道。

2006 年，老田的一本《风云侧记——我在人民日报副刊的岁月》引起过不小的风波。有几本书被认为有问题，在第二年的订货会上，其中就有老田的这书，点名了，这还了得，一时间此书变为禁书。那时，他却幽默地说，我写的文化的事，都是发表过的，犯什么禁，更没什么内幕报料啊。他当然不解，也据理力争。了解实情的人，都明了老田这样的老布尔什维克人的政治觉悟，难道有让某些左视眼的人抓住的什么吗？事实是，有人或是杯弓蛇影，或有职务敏感，也或为了自己的利益，都有可能。而后来，并没有发现可以被禁的理由，武断者们或许没有看，或许根本没有看明白，落了个闹剧式的话柄。后来如何收场，有没有人来认错？不得而知，也不了了之，像以前此类事件的结局一样。官僚主义、法盲们的主观武断，总是没有人买单的。相反，这本书的影响扩大了，洛阳纸贵，找我代要书的人达十多个。这事，屡经风波的他，倒觉得不是个人的什么冤屈，持有一种平和的心态罢了。这本书中，他回首编辑往事，披露了一些重大事件的经过，有一些真相揭示，一些骨鲠在喉不吐不快的是非判断。如电影《武训传》讨论、《红楼梦研究》批判、大跃进、反右、十年浩劫、拨乱反正等。一些文化大家，如冰心、夏衍、胡乔木、周扬、邓拓、林淡秋、袁水拍、陈笑雨、赵朴初、赵丹等人，老田写与他们的过从，谈他们的文章。书中也收集有一些珍贵的信件、手稿、照片，是一本好看的、有价值、可收藏的书。

去年秋冬，我们一帮老同事，多是他的部下和学生，聚集在他家为他过九十寿庆。当时，近二十人中年长的小他三五岁，年轻的也近花甲，多为他的学生和后辈。一圈人围挤在他那并不宽敞的客厅，按长幼齿序来说话，像单位开民主生活会，每人几句，怀旧、祝福之外，都说及老田的为人。回忆当年他领导部门的往

事，说得最多的是他没有架子，亲和力，以及老辈文人的传统和作风。他不时回应，说不要评功摆好、像写简历搞盖棺定论似的，一如以前的谦和幽默。尽管大家都很虔诚，朋友聚会说一些开心话，老人家在开心之余也以本色感人。

这就是老田，他是谦谦君子，实实在在的又如"田夫"，他总是为别人想得多，低调为人行事。他在文坛报界几十年，曾任中国作家协会的书记处书记、主席团委员等，在新闻和文艺界都是有名望和声誉的。那天聚会时，我执弟子礼（他是我研究生的指导老师），我说田老师没有什么毛病，如果要挑的话，是人太好了，好得有些过分。对人都好，好人坏人都好。我向他深鞠一躬，并说了一句俗话，先生之风，山高水长。（此次有张宝林兄的文章《为老田祝寿》记录，见《新民晚报》网。）是的，正是他为文、为人，始终有一颗纯正清净的童心，善良地看待人和事，无论是写作，还是生活，善心美意，数十年不变，才在人们的心中占有重要位置。

近年，他年高行动不便，可是，却不愿意麻烦人、求人，哪怕是同事和学生，哪怕是小事、琐事。他们夫妻二老都年过九旬，夫人吴老师也因一次摔倒后几乎卧床，事无大小，老田亲力亲为，还照顾残疾的女儿。前年搬家，我们多次表示去帮忙，看他的一屋旧书和刊物，想打包装车多么难，可是，他却自己一本一摞地收拾。他每有文字成稿，亲自到街头自费打印，即使是我们报纸的约稿，也先找人录成电子版。本来一个电话让我们去取或者找人带来都可，可他不，专门去邮局寄出，其实，到我们办公室的距离不比邮局远，但他觉得那样子麻烦别人。对于生活，他清淡无为，无欲无求，他这样老资格的报人、老文人、离休老干部，仍然住着旧楼，一住三十多年，要不是最近拆迁，没有电梯的旧式老楼，他安之若素，每天上下三楼对他是个大难题，可他泰然以对，说习惯了，无所谓的。

他的爱心善心，修身修为，是人们熟知的。"文革"前，他将八千元的稿费交了党费。他回忆说，我们夫妇两人工资完全够生活，家庭负担并不重。那个时候这笔钱大体上相当于三年的工资。当时想得也很简单，交了也就交了，也没有什么，当时报社其他同志也有过，不像我这么多就是了。这之后，常是有了稿费就交党费。在今天，这样的事，几乎是一个神话了。

三十多年里，我就没有见他生过气，不是几乎是没有，也没有与谁红过脸，批评过人，有时说点文坛的不堪之事，说点社会上的是是非非，虽有不快，但多是从善意的角度，一笑了之，或者为他人着想，不去为此伤肝动怒。有人说他宅心仁厚，有人说他是老文人的风范，也有人说他是老好人。总之，他是一个宽厚的长者，他以一个老派文人，或者说老共产党人的做派，看人看事，对人对事，哪怕关系到自己利益之事，他从不计较，公事公办，严于律己。我曾感叹，在这样一个唯利是图、熙熙攘攘的环境中，追名逐利、斯文扫地不足为奇的大院文化中，他还能保有如此的清正，淡看利益，笑对生活，老田不是唯一，却是有他这样的资历的老人中也是难得的。

仁者老田。

先生之风，山高水长。

希凡

希凡，即六十一年前那场"红学"纷争的"两个小人物"之一，原名李锡范，后写文章的笔名为李希凡。中华人民共和国成立初期的那场"红学"官司，主人公是李希凡和他的山东大学同窗蓝翎。因当年这桩"批红"的全国公案，因为领袖毛泽东的关注和批示，红极一时。也因此，几十年的文坛风雨，他和蓝翎吃了苦头。

可谓是少年出名，到我见他时已三十年过去。名声依然，却不是那样的为人所关注，至少，在我们大院里，他和蓝翎，都没得到特别的注意。那时，我虽刚来，也随大家以希凡之称，也是单位同仁都不时兴叫官名，甚至讨厌。讨厌的不仅是被叫的，而叫人的也讨厌，足见当时的风气。也是因为他的温和脾性，如此称呼更显亲切、和气，也拉近了距离。

　　我与他成为同事，确切地说同老田一样，成为他们的部下，时在上世纪八十年代初。那时，同事关系简单纯正，即便有过节不快者，有性格不合而生分的，有产生误会而心有芥蒂的，但总的风气是和谐，是明朗清爽的，体现在对人的称呼上，也如家庭似的亲切。直呼希凡，亲切中不乏敬意，作为晚辈的我们是这样看待的。刚开始，还有点不好意思，李老师或老李的也叫过，后来，大家都直呼其名，我也从众，不知那第一次他是如何作想。那时候，与他没太多的交往。刚到部门，工作也多是打下手，他也没有直接分管我。这样的叫他，我多是听同事们与他的关系亲和，几位年轻如我辈者像大徐、小蒋、大易们，都是如此。也许，这没大没小的，在那忙碌的工作中和那简单的物质条件下，更是合乎情理的了。或者，他本人一副菩萨的面相，有这样的心胸，同事们尤其是年轻者，就没有太多的顾忌和生分。

　　他是大运河的儿子，北方男子汉的大高个头，短发寸头，没说话前，脸上好像微有笑意，又细声慢气、抑扬顿挫的语调。偶尔去他那里，常常见他桌上散乱的烟头，或摊开的书本，或在写什么，编务事不多，话也不多。当时他是三人一间的办公室，在走廊的拐角处，三位都是文化名人，名头不小，也都是所谓的局处待遇。那时候的办公条件就这样，有级别没有特权，地方所限，都好像很正常，也根本没有太多的心思，想着如何得到改善，获得什么便利。一直到了一九八六年，他调走，都是在这个小小的狭窄空间度过的。三位大员共处一个二十来平方的地方蜗居办公的情形，至今常想起，心中五味杂陈，不是滋味。

　　希凡以红学研究名世，而他更多的是研究现代文学，特别是鲁迅研究下有功夫。那时候，我也对鲁迅和现代文学有兴趣，总想找机会向他请教点学术的事。一本他新出的论述鲁迅创作的专著《一个伟大寻求者的心声》，之前就翻读了好久。我的前同事田本相先生与他熟悉，田老师参与主编的《现代文学丛刊》要我写一篇希凡此书的评论，我就胡乱写了。本想给他看看，可是没有，我不是没有勇气，私心是算了吧，等发表后再告之，不会有什么闲话，所以，几度到嘴边的话也就收回，只是拿着他那本书请他签了字而已。当时他有点奇怪说，你还读了啊。这让我没有再深说下去。我的文章发表后，不知他是否看到，全然忘了。这之前，我的毕业论文，是他作为评委会的主席，答辩通过的。最近，收拾旧书本，又见到了他作为主席写的评语复印件。三张人民日报竖格的公文纸上，按规范，写有评语千余字，柔和纤细的字体，看出他的文字特色，字迹绵柔中也有力道。读这评语，看这字体笔迹，忽忽已三十三年，往事历历，可当年答辩委员中的顾行先生早已作古，这时光如刀啊！

希凡的穿着，典型北方大叔的样子，夏天爱大裤衩，或者，时兴的的确良短袖衣。一到大热天，空调不给力，他那有点发福的身子，总是手不离扇，一副京郊老农的派头，颇为随和。他上下班的提包有如一个购米袋。我很喜欢这样的随意，觉得不受拘束，也可节俭，还能装东西，竟也学着，多年后也是这个布袋式的行头走东跑西地拎着，虽然我用的是比他那时还要低廉的塑料尼龙什么的。其实，那时候的人们，背包什么的多用帆布，皮革之类已属奢侈，对于老一点的人们，行头和派头等等，就更是没有什么概念了。

平时，希凡对我好像没有特别谈到专业，或者谈文学，偶尔有关于编发稿件的事，也是不痛不痒的，没见过他专门去说文学、说文学批评、说写作。那时，三人一室的局促，也不好太多闲聊。或许，"文革"中，他有许多教训挫折，也颇有争议，这文学与文学批评、成了他的一些难言之痛。虽然，已是新时期到来，而刚刚变化的一些动静，他还没有来得及清理，也许是在不断寻找行事和适应的方式。记得当时，他出版过几本专著。有的是当年红学书的再版，也有新著。他签名送了我。那时，部门有人出书，多是先送同事，签上名放在资料室各人名下的抽屉中，成了习惯。大家在收到后，也以不同方式表示意思。记得他给我的书，是部门中送人不多的。"文革"中，单位是个重灾区，闹腾得很猛，也许，他与部门的某人之间还有纠葛。我隐隐地感觉一点。因为，他不多的言谈，不爱串门，不太与同事说笑。常常看到的是，他埋头读写，巧用时间，研究写作，或许，这是他从"文革"风暴

中走出来后寻找心灵沉静和安定最好的方式。不久，他去了新组建的中国艺术研究院任常务副院长。听说是王蒙先生点将，王蒙时任文化部长。之后，我们偶有会议上见面，问询一下，不太多问及原单位的人和事。他原本是一个沉静的人，一个书生、文化人，而早年的大名和"文革"与"文革"后的是是非非，他或许积郁了很多心结。所以，调离的时候，不少人觉得很是突然，也有些理解。

之后，再见他时，是退休多年后。前几年，部门年关聚会，有人邀请他回来，虽离开了近三十年，面前多是新人、年轻人，他与我说到，你也退了，小王成了老王了啊。感叹时间的无情。见他过去那高大身形有了几分消瘦，听说有血糖高的毛病。那天，在老田家祝寿时，他也来了，因为血糖病，没有留下吃饭。

就说到他与合作者蓝翎的是非恩怨，因为他俩都是我的先后领导和同事，早晚相处，时有所闻。我不明白的是，如同一对恋人，相爱之后，发生口角，发生争执，难道必定水火不容，小打小闹必须上升到什么什么的高度，发了狠话，才会平服心气？合作者、同道、同好、同窗，这些难道都转眼为烟云，视为仇人吗？当年，李希凡、蓝翎的关于《红楼梦》研究，因领袖的批示，是一九五四年声势浩大的文化事件。他们有了荣誉，年少气盛，先后调入人民日报社。"五七"反右风暴到来，蓝翎被打成右派。之后，"文革"中，因为江青的原因，希凡被点将作革命批判文章，可是他虽没有完全超脱，也没有太多地介入。这段历史是非，外人不得而知。但我看到的是，新时期后，他们从当时的一室办公，至少还相安无事，后来希凡调出，而蓝翎任职，这时，不知何因，早先的同道成了分道的路人。之后，他们开文仗，生罅隙，令人惋惜。从旁看来，他们在我所知晓的四年时间，同室办公，没有公开的不快，之后，也许各自升迁发展，变化的环境和心态，成了他们矛盾产生的一些诱因，而终归何因，孰是孰非，不得而知，也不足为外人道。如今蓝翎已作古，而希凡也近九旬高寿，六十年前的文坛事件的参与者们，一个个远去的背影，让人生叹。其实也是没有赢家的阵仗。当然，有说他们的矛盾产生，也因为不同的思想态度和文艺观，比如右倾与左倾，比如保守和改革等，这些可以是认知他们的思想行为的一个参照，也未必就是他们晚年后情断义绝的一个动因。

也是在老田家的聚会中，希凡由女儿陪着，拄着拐杖，步子蹒跚。生命是可贵的，生命延续也是要去除一些任性而为的负载，或者，有损生命的外在东西。这不是什么大道理，但也不是每一个人都能做到的。作为高寿的长者，他当保重。

老杨

同李希凡有"两个小人物"并称的另一位是蓝翎，原名杨建中，我们都叫他老杨。在单位中，杨建中与老杨，都有人称呼，而蓝翎就少有人叫了。在我们部门，多叫他老杨，年长他的直呼其名——建中。比如，老田、希凡、老缪、老英、老舒等人，多这样的叫他。

有意思的是，这当年颇有动静的文坛"两个小人物"之一，都与我同事，而老杨更长一些时间，也熟悉些。巧的是，他也是在那个逼仄的房间里办公，与李希凡、老缪一前一后，相处多年。

老杨与希凡，性格有相似也不同，他刚中有柔，多不苟言笑。他山东单县人，"五七"受难后，流放河南多年，大学、省文联都待过，在那里他努力做事，也得到一些认可，有多位知心的朋友。"文革"后，右派们得以改正，他回到人民日报社。错划右派时他才二十六岁，多舛命运，让他过早地饱受人生苦难。之前，我只是理论上或者说是文字上见过右派什么的，而老杨给我补上一节活的政治课，说来滑稽中不免沉重。

其实，他也是性情温和，说话也多慢条斯理，普通话里带点山东或河南腔，不紧不慢。他身材不高，精瘦个儿，尽管饱受坎坷，身体还算结实，起码在我认识的二十多年时间，没有什么大毛病。不幸的是，二〇〇五年，他七十四岁，被可恶的血液病夺走了生命。

我一九八二年与他共事，与他的办公室一墙之隔。那时他刚

五十出头，知道他是错划的右派，但身子硬实，行走快步，不像经历坎坷受过摧残的人。在部门，人们当他是一个文艺批评家，一个专家型的长者。那时，他是文艺评论组的组长。在三人一室的环境中办公，常伏案看什么或者写什么，桌子除了稿件和版面纸外，收拾得干净利落，这是他的习惯，一直保持到他退休离开。这一点在我们部门难得，包括女士们。而我等几位烟民一塌糊涂的乱象，常被几位大姐批评说，看你得像谁谁学习，多是以老杨的整洁为样板。每天，他不太多话，只轻松看下版面，或者，拿版面来我们房间里待一下，或是休息一下，到我们这儿聊会儿天。可以想到，虽然思想解放洪波涌起，每天都有新鲜的事，毕竟他过去惨遭折磨，底层生活打击，总会有阴影需要慢慢地祛除，尤其是心理和精神层面，当然，只是以这种思想行为方式观察生活，也以这种默默做事、不多言谈来调整。

然而，与年轻人一起，他却十分健谈。老杨住单位大院宿舍，走得晚，下班前后，常就过来与我们说几句，多是谈点闲话，或有时说说新闻，引发点话题。我有时想，对他以前的经历，比如打成右派后的一些遭遇，有些兴趣，但也不便直说，也有其他参加者如大易、小丁等，也偶有问及，他只草草带过，说得多的是古典戏和北方的一些戏曲什么的。他这方面很在行。恰那时多有这类节目演出，在副刊版面中又多有涉及，他就借题发挥，说一些掌故和逸事，或指点版面文章中的一些人事、史实，引申出编辑外的话题，再就是讲述一些历史，让我们听得饶有兴致。他有时爱抽上一支香烟，我们同室的大易和我，见他来后就陪他，有时也有老烟民老蒋，几根烟枪，吞云吐雾，高谈阔论，常是评点和斥责文坛怪事、世相流弊，谈笑无拘束，对烟有四人，不觉时光已晚。

一九八五年时，我们办公条件改善，搬到另一个楼里，就有了两人一室的宽敞。他与大易共一室，与我正好对过。这时我们往来多了。当时，部门改组分工，我和大易又成了他的副手。虽然评论组的工作是文学艺术各个行当，杂而广，这个并不算多大的职务，对于他这样的名头和资历的人，都能随遇而安，我们努力而为，也算尽职责，这就有了更多接触。他对版面上是能放手的多放手，多是重点的指导，抓大放小。记得为了活跃选题，他提出多发一些微型的评论，让读者有看头，不搞高头讲章式的，也不搞学究或学霸式的。为此，开了一个专栏，我记不得了，是以秦犁还是秦力的笔名，每人轮流一篇，对最新发生的文化界怪事和热点发点议论，三五百字为宜。他带头写过多篇。这个栏目很抢眼，坚持了多年。他认为多发些批评，批评就是要有点批判精神。这很合我们的意思。不多久，袁鹰到离休之年，他接任主任。几年的领导行政，他以开明政策和放手的策略，无为而治，却也有声有色的。他几乎只是在大样上用毛笔指点批示，选题什么，校订之事，他多务虚，信任下属，放手放心，各位都勉力而为，评论版面和文章渐有起色。而到了"八九风波"后，没有说得出的原因、或许是可以理解的原因，他停职了。

他虽历经坎坷，但生性严谨，甚至于有些执拗。比如，他勇于承担，那时新闻宣传的压力无形中增大，动辄有框框，对口径，常常因版面的事受到批评，他多自己承揽。他反感的是以势压人，对一些权威高层，尤其是代表个人意见的那些所谓的上头，他却并不另眼高看，却有一种本能的防御。记得有些事情，弄得上级常向他求解。他有时执拗得近乎是成见，至少，在对人事的看法上，曾经对有些年轻人做派有微词，或者要求过严。他虽不多话，一旦打开话题却很健谈，尤其是历史知识丰富，见地独具。有一段时间，他研究三国历史，隔几天就与我们谈读书感受，东扯西拉的，很是开心。

我有时感觉，他对我很关心。不知是我好脾气，还是因为我听话，至少，我有事无事安坐于室，看些杂书好像不太浮躁，有点像他喜欢的多读书、有定力、坐得住，他认为这样才是一个编辑应有的，或者才是干点事的条件；或者我也写了点文字，还算是个爱写作的人，也许是习性相投、言语投机或可能的是非观接近，我明显感到他对我的善意好心。及至他赋闲后，还常从楼道的另一端他的办公室，穿行数个房间来同我神侃，或者，到楼道中开水房接水时，到我这里坐坐。那时候他已免职，我们没有工

作关系了，是师友和朋友之谊，所以，抽一支香烟，闲说几句。我发现，他也不是真抽，吐出烟气，仅是从中体味一下休闲的快乐，或者，体味一下与他说得来的人之间交流的快乐。

也是因为信任，他有时在我面前随便直言，对一些人也作评点。比如，对某出版单位某人、某事，他直言其不屑，这时，我觉得对人的成见和苛责，也只有他才会那样。偶尔评点一下某人、某事，他爱憎分明。在那个时期，一些左的行为很有市场，搞得人与人的关系扭曲，作为一些还在台上的人物，他们当然是看菜下饭，以权相人，以位取人的，或者，他们本来就热衷于官场文化，也不会真的为文化事业计。然而，在老杨的眼中，容不得这种的权势下的文化畸形存在，容不得廉价的文化交换变为正常。他对一些人和事，只要不感兴趣的，常爱翻一下旧账，也好，让我们一些不知情者长点知识。有时说到他不喜欢的某人某事，嘴一嘟噜，做轻视状，然后，手一甩，离开。此时，我想这老杨头是很可爱的。

他当了主任，不太看重这是个官位，有几次开会，他都不愿成为主桌上的神仙，还多次推掉有关会议。也许我们那时年轻，那时的晋升之路简单正当，人们对升职、晋级，平和淡然，也没有什么过多的关注。他的任职，在部门显得十分平淡，这符合他们一辈人低调的生活态度。但是，他反感的东西，直言不讳。他在部门很少专门开什么会议，有的会也只三言两语，切入正题，传达什么的，能免就免，能省就省，没花架子，以一种实在方式屏除空洞多余的东西。或许，他从过去的经历中吸取了什么，他有时很是拧的，不管不顾，有时还有点意气。这样也包括成见，任性和宽厚，严厉与随意，都可能是一对互为矛盾的掣肘，是一个铜板的两面。

晚年，老杨从工作中退位后，有多部专著问世，特别是《龙卷风》一书，对打成右派后遭遇有重点记述。然而，他与李希凡同窗之谊，文字之谊，在后来，因说不上的原因，也不知什么时候，就成了对头，成为路人。据说，关于当年文章的署名，关于如何被划为右派等等史实，他们都在各自角度，火气十足地申辩与反驳。一个打入地狱般多年，蒙受不白之冤的人，找回一些事实和尊严，究诘当年的一些人事，是可以理解的。他是以为有些事要在晚年总要有些说道和梳理的，于是直挺挺地出场。但是，能否达到理想的效果呢？道不同，不相为谋。但有些事，过去的再去辩驳，当事人都有各自的认知，少有他证，就成为弄清真相的困难。老杨的脾气性格决定了他无论后果如何，他想做的就会做。如果，生命延续，他也会的，只是天公不仁，他再没有机会了。

老杨得病后，不长的时间就很严重，我去医院时他已不能说话。看他难受状，默默地为他祈祷。一代杂文大家，数十年都纠缠于与人与历史的不解之缘，他临走时也没有安生，不能说不是一个悲剧。尤其是，他改正归来后，写作著述丰富，职务工作顺利，精神心态都向好，只是遭逢后来的政治风云，他无疾而终，他当然不甘，更不愿看到某些现象的荒唐重复。

在部门以至单位，他以说话办事率直得到认可，他曾经在党员代表会上被推为兼职纪检书记。那时候，这类兼职是由群众推举的，荣誉是真正民主所得。他走后，受单位之托，我有幸为他撰写唁文悼词，翻看了他全部的档案，看他人生中也有几次检查，年少气盛，性格使然。让我佩服和感动的是，他用毛笔工整地写有二万余言的自传，虽是完成组织上的安排，可他写得认真，富有理性和逻辑，有对自己的认识，也有他认真的倔强的坚持。

他的杂文，在当代文学史上享有位置，其风格有如鲁迅，是一个有思想深度的杂文家。因为一篇并未刊发的文章，他被打成右派，实在是一场闹剧。1956 年，他从一篇已经在《人民日报》上引起反响的辽宁某厂女工之死的报道和有关评论中，看到官僚主义作风危害，就写了杂文《面对血迹的沉思》，投稿北京某文艺杂志上。文章并没有发表，却被编辑部的有心人当右派线索举报回单位，于是，有人如获至宝，他惨遭十多年的迫害。因文罹祸，在当代史上他虽不是最早者，但伤害之深重，在我们大院算是屈指可数的。杂文惹祸，他却一生不悔，著作还是以杂文为多。上世纪八十年代后，他出有《断续集》《金台集》《风中观草》《龙卷风》《了了集》《静观默想》等。他早年读私学，书法有

童子功，曾在闲职时写了不少的书法。我偶去他办公室，就翻看欣赏。一手蝇头小字，法度之外有变化，柔中藏锋，竖写直排，工整有型，让我领略了他的文字功夫，也见识了他的书法功力。不是妄说，在我周围人中，老杨的书法少有人能及。可当时没有想到索要存留，大为遗憾。

　　一晃老杨去世十年了，他离退后，我们也从那栋旧式老楼十号楼搬出。十号楼的一些往事，在被改造的大院喧嚣乱象中，渐渐地褪色，渐渐地远去。可是，偶过那与他们一代老人共事多年的三层小楼，别有情怀，别有滋味，自然又想起他，和那些值得怀念的人和事。人的一生，就怕怀旧，也更怕伤离别、悼亡者的记怀。

王　彬

北京人，现任中国散文学会副会长。致力于叙事学、中国传统文化与北京地方文化研究。在叙事学方面，侧重研究中国封建社会的禁书与文字狱，是研读中国古代禁书最多的学者；在北京地方文化方面，从城市美学的角度对城市形态进行分析，由此提出微观地理学构想，参与了许多旧城保护与奥林匹克体育公园规划。有学术专著十余种，文学作品有《旧时明月》《三峡书简》等散文集。

赤乌

根据主人安排，上午参观江阴市博物馆、规划馆与江阴要塞，午后去申港，瞻拜那里的季札墓。

季札墓所在的地方原来是一所中学，叫申港中学，近年迁出，修建了季子祠堂。很大的一片院落，屋瓦、门扉、楹柱都是黑色的，只有墙壁是雪白的颜色。在北京常见红颜色的墙与红颜色的柱子，在这里则少见。在江南，当然包括江阴，即便是寺宇，更多的只是黄色的墙壁，黑或者褐色的门、柱而已。

季子祠的后面是季札墓，主体是浅灰色的花岗岩，顶部是褐

色的泥土，胡乱丛生着绿蓬蓬的野草。我去过洛阳的白居易墓地，白的坟丘管理相对精细，不是野草，而是一种精致的藤类植物，在暮春时节可以绽放黄色的花朵。这当然是可以理解的，季子祠刚刚兴建，还来不及做过细的管理吧。记得早年读《史记》，读吴太伯世家，是颇为惊诧的，何以季札可以揖让天下，而他的侄子却一定要同室操戈，采取杀戮的办法？这当然可以各说各话，但是对于季札的敬仰之心自古至今还是不变的。孔子说："太伯可谓至得矣，三以天下让，民无得而称焉。"赞颂季札的祖先太伯。太伯和弟弟仲雍是周太王的儿子，季历的兄长。"季历贤"，太王，即周文王的祖父，准备把王位传给小儿子季历，太伯和仲雍知道了便主动离开，"乃奔荆蛮"，"自号句吴"。荆蛮的百姓认为太伯有德，便拥立他为吴太伯。

太伯死后没有儿子，弟弟仲雍即位，瓜瓞相沿，直至寿梦。寿梦有四个儿子，"长曰诸樊，次曰余祭，次曰余眛，次曰季札。季札贤，而寿梦欲立之，季札让不可，于是乃立长子诸樊，摄行政当国"。摄，是代理的意思。诸樊服丧满期以后，让位给季札，但是季札仍然拒绝了。十三年以后，诸樊在临终之时把王位传给了余祭，想在兄弟之间依次传下去，"必至国于季札而止，以称先王寿梦之意"，"令以渐至焉"。相对于太伯，太伯是让贤，让位与他的兄弟，季札则是让长，让位给他的三位兄长，这就不能不叫人感佩，在利的面前，而且不是小利，是国之大位，采取逊让的态度，而且是三次，也就难矣！而同样叫人感佩的还有季札的三个兄长，将国君之位如同接力棒一般依次传递，希望能够满足父王的心愿而传给自己的兄弟，这在中外政治史中应该是孤例，是十分难得的精神财富。

太史公说："延陵季子之仁心，慕义无穷，见微而知清浊。呜呼，又何其闳览博物君子也！"延陵是季札的封地，在今天的江阴一带，人们赞颂他是"德泽延陵"。德者，仁者之心也，把这样的原则奉为做事的楷模，江阴人自然要感谢季札。

据说，季札的诞辰是农历四月十三日，这一天，每年的这一天，申港的百姓都要举行集场，祭祀季札，互通贸易。地区不同，举办的时间也不一样。比如，华墅，今天的华士镇，便是在农历的四月初一，比申港提前了十二天。说到华士，人们难免陌生，但是说到华西，便鲜有不知者了，就是号称天下第一村的那个地方。昨天，我们去那里拜访，正是芳菲四月，香樟树泛绿的时间还不很久，还是一种娇羞的绿色，再过些日子，这绿色，便会变得凝重了吧。

在江阴，在古人的谱系中，可以道及，对后世发生影响的当然不只季札一人，而是还有许多，最重者，当属徐霞客。徐霞客所在的地方过去叫马镇，近年与附近两个镇子合并，改叫徐霞客镇了。我们是昨天拜谒的，瞻仰了那里的故居、晴山堂、徐霞客墓和徐霞客博物馆。说到徐霞客，现在的人们把他尊为游圣，当然，这是对他景仰的一种说法，其实是不准确的，对徐霞客，他的精神遗产，我以为更多的是一种不畏艰难的探险精神和求实的科学态度。

一次，他去云南的腾越，考察那里的巂嵊山："仰攀而上，其上甚削。半里之后，土削不能受足，以指攀草根而登。"但是草根也松动了，危急之中，徐霞客踩在一块石头上，然而石头也很酥脆，"践之辄陨"，一步也动不得。"欲上既无援，欲下也无地。""久之，先试得其两手两足四处不摧之石，然后悬空移一手，随悬空移一足"，缓慢地向上攀登。时间长了，霞客的体力渐渐不支，"手足无力，欲自坠久之"。他后来回忆："平生所历危境，无逾于此。"

在徐霞客的考察中，既有崇山危岩，也有大江大河，广西的左江、右江，云南的盘江，都留下了他的足迹，其中以长江最为深入。长江的发源地在什么地方？《禹贡》中有"岷江导江"的说法，为后世所采用。徐霞客对此持怀疑态度，为此他北历三秦，南极五岭，西至金沙，断定金沙江才是长江的上源。虽然由于条件限制，徐霞客未能找到长江的源头，但是却将长江上延了一千多公里。徐霞客还是考察石灰岩地貌的先行者。为此，他奔波于湖南、广西、贵州和云南，对各地的石灰岩地貌进行深入研究。在他辞世一百多年以后，石灰岩地貌才进入欧洲科学家的视域。

　　纪念徐霞客诞辰四百周年的时候，学者们在总结徐霞客的精神时进行了多方位探索。我也在思索这个问题，如果把徐霞客精神概括为一句话，应该怎样表述？在我上午参观的江阴市规划馆里，镌刻着四句话："民心齐，民性刚，敢攀登，创一流"。讲解员告诉我，这就是江阴精神。第三句，是否源于徐霞客呢？而对于徐霞客，"敢攀登"，或者是最好的提升。我不是江阴人，不得而知。但是，我的感觉是，会考虑，也必然要考虑的。因为在江阴，历史与现实往往交织，而且时常会在不经意之间，在现代化的景观之中叠印出往昔的遗痕。在江阴的市中心，有一座胜国园。园内有不少建筑，纪念曾经在江阴生活居住的历史人物，细细数来不下数十人，譬如思忠堂，为守城抗清的戚勋而立；鱼声阁，为了纪念民族音乐家刘天华，在这里有一副楹联："鸟去山空，彷徨云外月；风飘露陨，惆怅病中吟"，糅合了刘天华的二胡名曲；而三间六架硬山的清厦，则是纪念明代江阴的九子诗社，这些人重名节，广交友，以黄毓祺为首，这是一位激昂慷慨的人物："我辈岂是山泽癯，我辈岂是高阳徒。或笑或歌或歌舞，一斗英雄血欲吐"；还有一座小巧的亭子叫椒山亭，纪念明代以直谏著名的杨继盛，杨继盛号椒山，在北京有椒山祠，是北京市的重点文物保护单位。最引人注目的，当然是兴国塔，那是一座残塔，兴建于北宋的太平兴国年间，但也有人认为是东吴遗物，是孙权的母亲兴建的，因此园内悬有一方匾额曰："赤乌胜迹"。赤乌是孙权的第四个年号。赤乌也是古代传说中的瑞鸟，是一只红色的三足鸟。三国时期的吴人薛综写过一篇《赤乌颂》，其中有这样两句："赫赫赤乌，惟日之精"，将赤乌誉为日之精华。我很喜欢赤乌这个名字，也很欣赏"赤乌胜迹"这样的匾额。如果征求我的意见，把江阴精神归纳为一句话应该是什么，我以为，赤乌就够了，有仁者之心而又敢于攀登，什么奇迹不可以创造出来，赤乌赤乌，有什么不可以呢？

沫 之 ——————————————

原名胡林生，生于江南水乡苏州。曾在各类报刊上发表散文、诗歌、小说二十余万字，选登摄影作品若干，出版诗集《故乡的路》，中篇小说《我的长辈们》获全国小说征文比赛三等奖，获中国小说学会"当代小说奖"，短篇小说《小人物》获全国短篇小说大赛三等奖。

家乡那片水

一

推开家门，就能望见一大片水，晶亮碧蓝的天空下，幽寂澄莹的水色铺展开去，尽头隐隐约约，在远方。

小时候，我们常常唱着：

天上有个月亮

水中有个月亮
哪个月儿更圆
哪个月儿更亮……

　　我生长在水的天堂，小时候的生活，应该是丰富、多趣的，尽管日子很清苦，想来，应该与家乡那片水有关，水既是舞台，又是道具，给我带来了乐趣。

　　记得我第一次坐火车，从昆山回苏州，那年九岁。对面坐着一位戴眼镜、穿西装的气宇不凡的长者，他与身边的年轻人温文尔雅地说着话。

　　新鲜好奇的我盯着人家看，引起了长者的注意，他朝我微微一笑，问我几岁、哪里人。其时，火车正好驶到阳澄湖边，我手一指，说："我的家就在湖对岸。"

　　长者点点头道："好地方！"转身对两位年轻人说："这叫阳澄湖，属太湖流域，真正的富庶之地，自古以来是社稷的粮仓，素称鱼米之乡！"

　　年轻女道："爸，阳澄湖产的大闸蟹可是一等美食呀！"

　　年轻男接着说："爸爸，《沙家浜》的故事不是发生在这里吗？"

　　长者朝我说："小朋友，你看，我儿子媳妇都知道你家乡的湖，名气很响！"说着呵呵呵笑了。

　　我嗯了一声，又摇着头轻语道："鱼米之乡？可……我们村里很穷呀！"

　　长者微微一颤，顿了顿说："会富起来的。小朋友，你家乡得天独厚，这片神奇之水，是宝贵财富。你要好好读书，将来把家乡建设得更好。"

　　他儿子给我说，他爸是省城大学里的教授，叫我长大了，上他的大学去读书。

　　火车快到站了，我依依不舍与他们告别。

　　童年的记忆是纯真又深刻的。是不是教授的话影响了我，自此，我对家乡的那片水一直眷念不忘。

二

我常常徜徉在湖边，不是领略湖上风光，不是寻觅静谧或者躁动，那是一种习惯。

又是一个秋日，阳光正好，我又来到湖边，我登上停靠在岸边的小木船，划动轻巧的木橹，循着芦苇的边沿游荡。

倏然，一艘机船从我身后驶来，随即，水涌波动，我的小木船开始摇晃。"叔，没事吧？"一阵银铃般的笑声随之飘来，我抬头一看，是月莲。"你可把叔吓坏了。"我拄篙站着，笑着说。姑娘嘻嘻又笑："谁不晓得叔从小练就的驾船本领！"此时，湖上掀起了一阵轻盈的风，平静的湖面被打破，渐起渐皱，细浪漪漪，水波涟涟。

"叔，去湖上看看吧！"月莲邀请我说。

她父亲掌着舵说："马上开捕了，鱼蟹是最不安分的。你堂弟、老村长都在，上船吧！"

月莲大学毕业后，在外企做了一年，带着几位姐妹，回乡办起了大闸蟹养殖、销售、农家饭店的一条龙合作社。不得不说，当下是知识与信息的时代，短短几年，几个年轻人把事业和生意做得风生水起、红红火火，成为乡里的带头人。

为了过把瘾，我掌舵驾船。月莲父亲说我能文能武，又说大家时常提起我，当年为了发展全乡的大闸蟹产业链，做了大量的发动、宣传、策划工作。月莲接话说："叔，你还记得吗？我回乡前去找过你，是你给我出了不少的金点子，要不是你，我肯定会走许多的弯路。"

我扯开话题问大闸蟹的生长，月莲说："为了保护阳澄湖水质水源，今年又减少了养殖面积，因为水质、气候、技术等因素，今年的蟹个体大、质量好，产量不会降。"

话还没说完，就来到了湖上养殖区。

蔚蓝的天幕下，湖水微澜，蓝幽幽、碧澄澄。灵动的水，微漾着细波，亲吻着尼龙网。拦网方方正正，一格格、一块块，如田野上绵延的秧田，给人舒展、诗意的画面，给单调的湖面增添

了生机和向往。好多人与我招呼、挥手、示意，老村长大声叫我过去，他与我堂弟相邻，我缓缓把船靠了上去。

三

老村长的"水上人家"是一艘大船，停泊在他承包的养蟹区内，一大圈水域用低网围成一圈，在偌大的湖上小成一宅。

我坐上村长的小划子，看他给大闸蟹投放螺蛳、水草等饵料，小鱼小虾浮上水面抢食。老村长很健谈，边干活边讲着养蟹经。他兴致勃勃地说，同是一方土，同是一片水，改革开放前后是天壤之别呀！那个年代，水是死的，湖是冻的，人是傻的，生产方式落后，群体组合僵化，生活水平低下。时代创造奇迹，时代书写历史。家乡的湖，致富了一方百姓。阳澄湖人从养殖、销售、进城开专卖店，到开办农家饭店，一大批"蟹老板"应运而生。而今，特色产业带起的旅游业和餐饮业蓬勃发展。

我堂弟的小船靠上来，手中半笼鱼腥虾蟹提给我。鱼篓里，大闸蟹横行竖爬，水亮亮的鲫鱼、鳊鱼甩头摇尾，晶莹莹的清水虾鲜蹦活跳……

他给老村长说："堂哥难得来，劳烦嫂子下锅，我有好酒，等会叫上大伙。"

老村长乐哈哈的，连声说："好！好！好！"

不一会，大伙都来到了村长"家"，月莲炖的一大锅甲鱼汤，热腾腾，冒着香气，堂弟的一盆大闸蟹是刚起捕的。对鲜活鱼蟹，我理应不陌生呀！但是，在湖面上，现抓、现杀、现煮，现场尝鲜，这么多人，还真是第一次呢！

桌上，两杯酒下肚，大家的话匣子打开了。

阿根说："我们这些农民依靠一片水，依托一只蟹，发了点小财，是赶上了好时代。"

堂弟是养殖能手，他说："想当初，养蟹缺技术，赔了本。是大学、水产研究所的教授、专家给我们上课、指导，才逐步懂得了科学养殖。"

月莲父亲说："当年，外界哪有人知道岛上养蟹人？是新闻媒体让我们上电视、上报纸，才有了名声。"

老村长说："祖先给我们留下了这片湖水，百姓赚钱了，靠的是大闸蟹的名气，秋天里，大闸蟹销往全国各地，客人慕名前来游景品蟹，老话应验了——靠水喝水。"

月莲微笑着说："是呀，不能忘记是政府搭台，我们才能上台唱戏。现下，竞相争打阳澄湖品牌，市场上鱼目混珠、真假难辨，我们首先要做到，养好蟹、卖正品，来保护好品牌。"

大家说我是蟹文化的研究人，给大家启发启发。大家看似简朴的道家常，却说出了精辟的感悟、道出了深刻的道理。

我说什么呢？在我搜肠刮肚时，南湖岸边，一列高速火车飞驰而过，霎时，九岁时蒸汽火车上，老教授的形象浮现在我眼前，我就讲了那个小故事……

四

离开老村长的"水上人家"时，湖上已白浪涌动，一波追着一波，一浪盖过一浪，哗哗哗的水浪声此起彼伏。

月莲亲自掌舵，她看着湖面说："这才是湖的本质，看它多威严、多庄重。"

我说："养大闸蟹是件苦差事，投资大、技术要求高，一不小心就会亏本。"

姑娘笑着说："叔，你最了解农民。我爸常说，人要朝前看，也要往后想。一条渔船，曾经是农民的一个家；一片水域，曾经是农民的一座宅；一条水路，曾经是农民的全部生活。多少年，风里来雨里去，日子过得紧巴巴的。而今，家乡变了，农民富裕了。"

月莲姑娘说得多好，家乡人与家乡水一样的淳朴、温顺、柔性，她说出了老一辈的心声，同时反映了新一代人身上历史文化的传承。我不由得夸奖起她来，她有点难为情地笑了，笑声清亮而甜美。

上岸回家，我拎着堂弟送的"虾兵蟹将"，吸引了几拨游客的目光。人群中，跑出一个八九岁的小男孩，拉着我的网兜问："伯伯，你的蟹是正宗阳澄湖大闸蟹吗？"

我的思绪顿时凝固一般，我恍惚听到，多少食客都在问孩子的这句话，我怎么回答？只能笑笑说："我从阳澄湖养蟹人那里捉来的。"

我面对风起浪涌的湖水，凝望着堂弟他们的那片养殖区，好想对他们说刚才餐桌上没想到的话——水能载舟，水能覆舟。这浅显的道理随水流经了数千年，但真正把它融合到现实生活中来，能有几何？一片水、一方土、一只蟹、一条鱼，致富了一方的百姓，也让诸多的消费者享受了生活。但作为这方水土的主人，你们知道肩上有哪些责任吗？"

履痕

LÜ HEN

韩小蕙：欢喜佛境界

艾克拜尔·米吉提：茶圣之乡

张庆和：阳光不仅在天上还在心上

徐　可：飘落在江南山水间的丝绸

（文字统筹/华　静）

韩小蕙

光明日报社《文荟》副刊主编，高级编辑，南开大学兼职教授，北京作协签约作家，北京市东城区作协主席。中国作协第七届全委会委员。著有《韩小蕙散文代表作》等20部。有作品被译往美国、匈牙利、韩国等。获中国新闻界最高荣誉韬奋新闻奖、首届冰心散文奖、首届郭沫若散文优秀编辑奖、首届中国当代女性文学奖。2003年应美国国会图书馆邀请，成为中华人民共和国首位在该馆演讲的作家和编辑，并获友谊与进步奖、国会参议员推动中美文化交流奖、旧金山市市长奖等。著有《贿赂，贿赂》《步出沼泽地》《无边的忧郁》等。

欢喜佛境界

我从心底里喜爱欢喜佛。

甚至达到一种崇拜！

一

第一次见到欢喜佛，是在猝不及防之中，撞上的。

那是上世纪八十年代中期，在承德，有一天随着几个文友游踪。所谓游踪，其实就是跟着当地人的屁股后面紧走慢走。承德美景，天下闻名，什么外八庙、避暑山庄、棒槌山，孩提时代起就渐渐如雷贯耳，今天终于亲临其仙境，一时都懵了，也就剩下了跟着走、跟着看、跟着乱点头的份。

正乱走着，就见右手前方，数百级台阶上面，远远地有一座又小又旧的庙宇，貌不惊人。带路的当地人说，那是××寺，里面只有几尊旧佛像，你们谁愿去就进去看看，不愿去的就在这里休息几分钟算了。我当时恰好在跟一个朋友谈论着什么话题，就边谈着，边和他一起信步向上走去。

果然是一座旧庙。一长排供台上，摆着六七尊旧佛像。之所以在这里用"摆"而不用"供"字，是因为这些残痕断迹的斑驳佛像，的确不像那些修葺一新的轩昂庙宇里一样，各位金身菩萨从头发丝到脚指头尽皆金光闪闪，依功德、地位而有序排列，长幼尊卑，各得其所。眼前这些佛像呢，大小、身高、颜色差距甚大，高的长过真人，占据着好大一块地盘，矮的仅有几十厘米，干脆就搁在大佛像身上。风格也如同一本中学语文课本，小说诗歌散文言论语法什么都有，绝不好合并同类项。比如简单粗犷的，三笔两线条一勾勒就算完事，不用说就知道是西北大漠的佛；细腻过人的，又连手指上的纹路都纤毫毕现，一看就呈着南方人的机巧。当地人说得不错，确乎是一些"无庙可归"的塑像，暂时寄放在这里的。

众人兴味索然乱哄哄退出。我的腿却忽然被谁拉住了。

扭头一看——呀！欢喜佛！

先需在此声明，此前，我可从未见过欢喜佛，连照片都没见过，绝不知道他是太阳形象还是月亮模样。但是就在那个瞬间，我就像被哪位神仙醍醐灌顶了似的，内心里一下子就被点透了——这准就是被人们神秘化、神明化、神妙化、神圣化、神威化……的欢喜佛，没错！

一时，我就像热河源头的雾岚，浑身上下都如歌如吟地飘摇起来。

为——什——么——呢？

为了欢喜佛的——美丽！

履痕

曾经分明的看过一本关于西藏佛教的画册，里面明明白白有一幅极其狰狞、极其丑陋、简直就像妖魔鬼怪一样的佛像，下面的文字却介绍说，这是××寺的吉祥天母像，藏语叫作"班达拉姆"，传说每年正月初一她骑着太阳光周游全世界，供奉她可以消除灾难，使人丁兴旺，所以僧人们对她极为宠爱，当作镇寺之宝，轻易不肯示人。实在是因为那形象太凶丑了，也因为僧人们的那种思维太奇特了，和我们的天地美丑观念完全颠倒，所以多年来我一直牢牢记着那幅佛像，并且从此以为，所有重要的佛像、密不示人的佛像，可能都是那种风格的吧？

就这样全然没有一丁点儿思想准备，眼前的这尊欢喜佛，却美丽得逼人！但见这两位紧紧拥在一起的、已地老天荒一般浑然一体不可分的男佛女佛，通体上下洋溢着一种令人热泪盈眶的爱恋之情：男佛怜惜地把爱人捧在胸前，柔和的眼光久久地落在她的脸庞上，里面满是爱慕；女佛则热烈地依附着他，一对美目目不转睛地凝视着他，回递着更深的爱意；四目相对，两两传情，使爱情达到了神圣的、经典的境界。这哪儿是供人跪叩膜拜的佛国神像，分明是一对现世男女的热恋雕塑！

我的眼泪一下子就涌上眼眶，但觉喉咙发紧，心更紧得喘不上气来。这种超凡入圣的大美境界，要说世间还有可比性的话，也就只有古希腊、古罗马的雕塑可媲美了。简直是太美好了，真没想到……

我像傻子一样定在那里，有一种天旋地转的幸福感——爱情，人间最美的感情，连神仙都要来分享，并且借助神条天律"规定"下来，让人顶礼膜拜。威严的神啊，在这个意义上，你想得多么周到，你变得多么可亲近。

走出那座小庙时，我觉得承德的天真高真蓝真明澈，大千世界可真美丽。

二

后来，我又有了一次西藏之行。一路上，我有幸饱览了那片神奇土地上的众多寺庙，特别美好的是，里面有很多很多很多个欢喜佛。他们真实地站立在那里，并非文学梦幻，也不是艺术夸张，而就是实实在在地存在——存在决定意识的"存在"、善男信女们顶礼膜拜的"存在"、酥油灯经年累月长明不灭的"存在"！

藏传佛教的学问深似海，加上语言不通，因此走到哪儿，都是名副其实的瞎看瞎磕头。唯有欢喜佛不同，一看就懂，就喜欢，就着迷，就执着，就心心念念。

每个庙里，欢喜佛都是不同的。

个体的为多，一般都很小，巴掌那么高，像我们在家里桌子上摆的小雕像。其工艺是非常精巧的，往往和众多的其他佛像一起陈列在柜子里，需要认真看，仔细寻找，然后慢慢品味。我曾看到一个鹰面尖嘴的，拥着一个很漂亮的仙女似的，仙女的脸上同样有着热烈的崇拜之情。还曾看到一个很狰狞的恶鬼似的，抱着一个很美丽的惹人可怜的女人，脚下踩着两个小鬼，私心忖度：那大概象征着人类的传宗接代？其余的，就都是很英俊的美金刚，小心翼翼地揽着更为俊美的女菩萨，两两用情，旁若无人。

也有群体的，指的是大型的雕塑群，置在玻璃罩子里，像大沙盘一样，一层一层的，有众多的佛，地位最高的最大，坐在正当中，其余的叠罗汉似的，顶着一大长撺。在这样的"沙盘"里，欢喜佛一般都是位于周围的边缘，有东西南北各守一个城门角的，有东东西西南南北北的，还有十六位的、三十二位的甚至更多。你想想，三几十位或四几十位欢喜佛在一起同歌共舞，那是多么壮观的阵势，简直像集体婚礼一样迷人了。

我每每流连忘返，不舍离去……

绝不是因为猎奇，也不是因为"思想不好"，而是真的牵肠挂肚动了心。这些或金或银或鎏金或鎏银的佛像，可以说是天地间所有的大美、绝美、至美、纯美、最美的晶化合成体，每一尊，都不仅使我想起了敦煌飞天的婀娜外形，还尤其想到了梁山伯与祝英台、简爱与罗切斯特们的内心激情。在我眼里，每一尊欢喜佛的内心里，也一定有着人间这种最坚贞最典范已演绎成为千古榜样的动人爱情，正是他们那种生在一起、死在一起的忘我境界，

使我一遍遍咀嚼和体验着"死死生生"这个词，止不住地泪洒神州。

"死死生生"这个词，属于古典的过去岁月，在我们今天这个日益商业化、金钱化、交换化的世俗社会里，已是几乎看不见的稀世珍宝。是的，很久很久了，很累很累，让还停留在古典情怀的"傻子"们诸如韩小蕙，遍寻无着，失魂一样地号啕痛哭。

这天大地大的悲戚终于感动了神灵，当我回到北京家中，一封信也飞来了，里面，有一张中国西藏文物管理委员会编印的明信片，上面是一帧"鎏金铜胜乐金刚像"，亦即我们俗称的欢喜佛。只见一位头戴金冠，身披彩带，三眼圆睁，高大伟岸的美金刚，运足神力，搂抱着一个小巧玲珑、俊美无比的小女佛；小女佛幸福地昂着头，左臂激情地环绕着男佛的脖子，右臂向苍天高举着，擎着一株灵芝；两个身躯紧紧贴在一起，两张嘴唇火热地吻在一起，双修而合二为一。

明信片用汉文和藏文两种文字写着："万事如意！扎西德勒！"

三

欢喜佛是藏传佛教密宗供奉的一种佛像，原为印度古代传说中的神，即欢喜王，后来形成欢喜佛。欢喜佛梵名"俄那钵底"，意为"欢喜"，汉语的意思是"无碍"。

什么是"欢喜"呢？

什么又是"无碍"？

同世上其他民族文化的衍化一样，关于欢喜佛的来历，也有如大河的源头，有多种支流，甚至也存在着正统典籍与民间传说之分，尔后在此之上，形成了各自不同的解说、阐释、教义、观念，等等。

正统的说法，真是腻味得让人连听也不要听。比如说"欢喜"二字并非指男女用情而言，而是指佛用大无畏大愤怒的气概、凶猛的力量和摧破的手段，战胜了"魔障"而从内心发出的喜悦等等。这完全是为了宣扬佛法教义而牵强附会的阐释，使我想起了一系列"运动"中的种种可笑复可鄙、可耻的行径，这些丑陋至"文革"而达到了登峰造极，比如"最最最""红红红""忠忠忠"之类，然而辞藻与行为完全是黑与白、南辕与北辙、天堂与地狱的两极对立和悖反。由此亦可见，无论天国还是凡界，其实都摆脱不了"虚伪"与"粉饰"二词。

那就还不如看看其他说法。

《四部毗那夜迦法》中说：观世音菩萨大悲熏心，以慈善根力化为毗那夜迦身，往欢喜王所。其时彼那王见此妇女，欲心炽盛，欲触毗那夜迦女，而抱其身，于是，障女形不肯受之。彼那王即忧作敬。于是彼女言，我虽似障女，自昔以来，能忧佛教，得袈裟，汝若实欲触我身者，可随我教。于是欢喜王言，从今以后，我依缘随汝守护法。于是毗那夜迦女含笑，而相抱时彼做欢喜言"善哉"。似这样给性力以神秘色彩的"调伏"概念，在金刚乘密教中很重要，《维摩经》云："先以欲钩牵，后令入佛智。"坦率说，作为女性，这是我最不喜欢的一种解释，如果以色相攻取在神界同样所向披靡无往而不胜的话，那么我们还值得那么虔诚虔敬地信奉神祇吗？

当然也还有下面的解释，即密宗无上乘是"以欲制欲"的修道法，所谓以淫欲为除障修道之法，实际上是密宗行者思维中的"欲界天人生活"的秘密化，如《大日经》就直言不讳地宣称："随诸众生种种性欲，令得欢喜。"这倒多少使人感到威严冰冷的神界，居然也有了一点人间烟火，心里不由得升起一丝暖意。可惜在这里，女性又是作为供养物而出现的，《大藏经》中所谓"爱供养"也就是"奉献女性"之意。唉，这个话题已经太古老了，说来，中国女性乃至全世界古往今来的女人们，根本就不怕奉献——她们已经海枯石烂地奉献得天荒地老往事越万年。花儿一般、风儿一般、玉儿一般的女子们，悸怕的忧郁的伤怀的饮泣的血泪相合流的，只是幽谷空悲鸣呀！

因此，我倒宁愿给印度教的"性力派说"一些肯定。性力派是印度教湿婆派的分支，该派认为破坏与温和都是女神的属性，宇宙万物均是由女神性力而生，因此，把性欲的放荡视为对女神

的大敬，以性行为为侍奉，作为崇拜女神的仪式之一。这种宗教原本被佛门视为邪魔外道，后来被后期密宗"取其精华，去其糟粕，去伪存真，推陈出新"，再配以佛教义理，竟也渐渐地形成一个派别，修成了无上瑜伽密的所谓"乐空双运"双身修法。我搞不懂什么"密"、什么"派"、什么"法"，也拒绝那些"性力""淫欲""放荡"的种种说法，但模模糊糊地觉得，"性力派说"倒是站在男女平等的立场上，给予了女性应有的尊重和肯定，用一句老百姓的话说，就是"也把女人当了一回人"，这似乎是千年万代、古今中外、人间神界、正典野教都没有的一个例外，由不得女人们不拥护。

四

然而我还是没有弄明白，"欢喜"的究竟是什么。

特别不敢肯定的是——他们是否真的因"爱情"而欢喜？

我觉得这是一个非追问清楚不可的原则问题，就向苍茫的大西北飞去，那大片荒寂落寞的茇茇草腹部深处，有一爿小屋，里面住着一位老婆婆。或云：她曾当过女娲的侍女，又从所罗门教修过行；到了我们这个时代，时逢大革命爆发，遂成为西路军的一名女战士，可惜部队被打散后遭遇蹉跎，做过豪绅的小妾、土匪的压寨夫人、兵痞的老婆、农会主席的相好、下放右派的情人……她经历的事情比大漠上的沙粒还要多，脸上的皱纹里全是秘密和经验，足可以写上三百部《女书》。

谁知她听完我的问题打了一个大大的哈欠，然后卖弄地向我伸出她的十个指头，问看上去是否保养得很好。"是的，是很好，非常之好。"我看见那十指依然白得发亮紧绷绷充满弹性就像少妇的手指一样珠圆玉润，心里禁不住暗暗吃惊。只听她背书似的毫无感情色彩地干干巴巴地说道：

"这是因为它们已经变得没有血肉。你知道吗，它们曾经比老树还干瘪枯萎，就因为那时我还幻想着爱情。"

她说着，淡漠地挥动着纤纤手指，画符一样地在桌上画了十几万个"女"字，再别别扭扭地添上了一个"人"字。冥想了一回，乜斜着眼睛看看我，又狂草书法一样地迅速摸出一颗心，然后砰！地一拍，那颗心就断裂开来，滴滴答答迸出一长串鲜红的血珠。

"明白了吧？"她懒洋洋地对我点了一下头，然后指着门做了个送客的手势。

我不想走，兀自在屋里转悠开了。我是想找到一点儿蛛丝马迹，比如她和那些男人的照片之类，我想看看她当时是一副什么表情——幸福乎？淡漠乎？无奈乎？难耐乎？满不在乎？可惜全被历史的酸雨销蚀了，或者说全被这个老女人掩埋得严严实实。失望之余，我仰头长叹了一口气，心想这趟又是白来了。

突然之间，我的心抽成一团，又马上像烟花一样绽放开来，我发现一面旗帜正在穹窿顶上猎猎迎风飘摇着——欢喜佛！乃藏名为"杰巴多吉"的欢喜金刚佛，主臂拥抱着明妃"金刚无我佛母"，双尊置莲花座上。明王八面十六臂，手皆托头器，内盛神物，右手上为白象、青鹿、青驴、红牛、灰驼、红人、青狮、赤猫，左手上为黄天地、白水神、红火神、清风神、白日天、青狱帝、黄施财。明妃一面二臂，右手执曲刀，左手托头器，含情脉脉地凝睇着威猛的明王。"呵——！"我禁不住一屁股坐下来，长长地吐出郁结了一万年的忧闷之气。

谁知老女人一瞬间勃然大怒，伸出她的魔爪来推我："赶快走开，你！"

我抓住门框，倔强地扭过头来，一字一句极为镇静地说："我、看、懂、了、你、的、心、思，可、是、我、看、不、起、你、的、行、为，因、为、你、活、得、太、苟、且。要、是、心、死、了，肉、体、何、必、还、活、着？！"

说完，等不得她来抓，我扯住一片云彩飞身就逃。只看见她急得乱找扫帚，好不容易七手八脚骑上去，我已经远在万里之外了。风声里，隐隐传来她呜呜咽咽的歌：

"我真的不是个好女人呀

愿你去做个好女人吧

可是要横下心受一辈子摧残呐

还不一定能做得到哟

祝你走运啊，啊啊……"

　　我的眼泪夺眶而出，急转身向老婆婆奔去。谁知大雨倾盆而至！大团大团的乌云像被丢进沸腾的油锅里，狂暴地上翻下腾。雷公电母驾驭着发了疯的红色蛟龙，环绕着我的周身"唰——唰——"地左奔右突。一道又一道滔天巨浪兜头卷来，好像非要把我撕成碎片才善罢甘休。山一样重的浓雾里，数不清有多少神、佛、鬼、怪、仙一起擂着战鼓，呐喊着，声讨着，追杀着，就好像是我僭越了什么天条！

　　"有没有搞错？怎么被围剿的反而是我？！"

　　突然，一道白烟腾起，一团大火球"轰"地在我头顶炸开来，我只记得五内俱焚，一个倒栽葱跌下云端，就什么也不知道了。

五

　　醒来一看，我竟奇迹般地降落在承德那个不知名的小庙里，对着那尊大美、绝美、至美、纯美、最美，美得逼人的欢喜佛祈祷。

艾克拜尔·米吉提
（哈萨克族）

中国作家协会全国委员会委员、中国作家协
会少数民族文学委员会委员、中央民族大学客座
教授、中央民族大学少数民族文学研究所特邀研
究员、伊犁师范学院客座教授。北京市政协委员。
文学作品有：中短篇小说集《哦，十五岁的哈丽
黛哟……》等；传记文学《穆罕默德》；译著《论
维吾尔十二木卡姆》（维译汉）、《阿拜箴言录》
（哈译汉）等。短篇小说《努尔曼老汉和猎狗巴
力斯》《哦，十五岁的哈丽黛哟……》《存留在
夫人箱底的名单》。

茶圣之乡

茶圣之乡，并不产茶。

这是我第一次来到茶圣陆羽的故乡湖北天门，才明了的。

那天，2015 中国（天门）茶圣节拜谒茶圣大典，在陆羽故
园茶经楼前广场举行。整个天门沉浸在一片喜悦之中。一个城市，
因了一个人，而显得富有生机。陆羽大道、陆羽公园、陆羽广场……
一个个以茶圣之名命名的街道、公园、广场、建筑遍布昔日唐朝
复州竟陵——如今的天门市区。

公元 733 年，也就是被称为唐代盛世的开元二十一年深秋寒

霜的一个清晨，也许是巧合，注定将成为陆羽救命恩人的竟陵龙盖寺智积禅师路过西郊一座小桥，忽闻桥下传来群雁鸣声，走去一看，只见一群大雁正用翅膀守护着一个男婴，男婴已经冻得肢体发抖，悲悯的智积禅师把这个男婴从雁群翅膀之下抱回寺里收养。这个男婴便是未来即将为中华茶文化做出历史贡献的茶圣陆羽。及至后来这座石桥被人们誉为"古雁桥"，附近的街道称为"雁叫街"，遗迹迄今犹存。其实，史载是年长安久雨，京师饥馑，唐玄宗诏令放太仓米二百万石以赈民。就连当时去过长安尚且郁郁不得志的诗仙李白（这一年在三十三岁上），也构石室于安陆白兆山桃花岩，开山田，日以耕种、读书为生。而抛下这个男婴离走的骨肉父母，或许就是从关中南下的饥民。这种流民自关中南下的情景，在日后还将重演，也由此势必将把陆羽推向更远的江南异地，造就为茶圣。

智积禅师是唐朝著名高僧，而龙盖寺附近居住着一位饱学儒士李公。李公曾为幕府官吏，此时退隐景色秀丽的龙盖山麓开学馆教授村童，智积禅师便请李氏夫妇帮他哺育弃婴。当时，李家女儿季兰刚满周岁，便随季兰的名字取名季疵，视同己出。转眼长到七八岁光景，李氏夫妇年事渐高，一家人便返回千里之外的故乡湖州。

季疵回到龙盖寺，在智积禅师身边煮茶奉水。智积禅师为他占卦取名，以《易经》占得"渐"卦，为"鸿渐于陆，其羽可用为仪"之义。意为鸿雁翔于天空，羽翼翩翩，雁阵齐整，四方皆为通途。遂取姓为"陆"，名"羽"，以"鸿渐"为字。显然，在盛唐赐姓不只是皇家专权，黎民百姓也可以自由选择。这个不明身世的孤儿，从此将以陆羽之名名扬天下。智积禅师煮得一手好茶，便让陆羽自幼习练艺茶之术。然而，这个日后在《陆文学自传》中以"（陆羽）字鸿渐，不知何许人，有仲宣、孟阳之貌陋，相如、子云之口吃"自嘲者，虽用语诙谐，但也道出真情。恰恰这位貌丑口吃的少年陆羽，虽身在庙中，却喜欢吟读诗书。因此，十二岁那年，他离开了龙盖寺。此后，陆羽在当地的戏班子里当过丑角，还编剧作曲。随后，受到竟陵太守李齐物赏识，荐送火门山受业七年，直到十九岁那年才学成下山。

此时，年仅十九岁的少年陆羽便已立志茶事研究。他的著名诗句《六羡歌》自是直抒胸臆："不羡黄金盏，不羡白玉杯，不羡朝入省，不羡暮登台，千羡万羡西江水，曾向竟陵城下来。"

然而，天宝十四年（公元755年），发生"安史之乱"（亦称"天宝之乱"），生灵涂炭。晚年的唐玄宗李隆基已然昏愦，洛阳失守，便听信宦官监军边令诚谗言，对退守潼关的封常清、高仙芝两员经验丰富、作战勇猛的将领，以"失律丧师"之罪处斩示众。随之起用曾经屡建奇功、已半身不遂病卧在家的哥舒翰为兵马副元帅，令其率军二十万镇守潼关。但是，随着时间的推移唐玄宗又失去耐心，听信奸相杨国忠鼓动，下圣旨强迫哥舒翰从潼关出战，哥舒翰接圣旨后知道此战必败，但不能抗旨，只得挥泪带兵出战，果然中伏大败，自己也被手下绑送敌营。潼关失守，玄宗仓皇西逃。在马嵬坡六军将士终于忍无可忍，兵变杀死杨国忠等人，高力士等人缢杀杨贵妃，旋即太子李亨在灵武自行即位，是为肃宗，尊李隆基为太上皇。玄宗退往蜀地，而深受变乱之苦的关中黎民百姓纷纷逃往长江一带。此时，名扬朝野的李白与妻子宗氏亦一道南奔避难。战乱使社会遭到了一次空前浩劫，唐朝自此由盛而衰。杜甫有诗曰："寂寞天宝后，园庐但蒿藜，我里百余家，世乱各东西。"

也正是这一天下大乱的历史关头，迫使陆羽跟随关中难民一路南下，跋山涉水，辗转来到江南湖州。当时陆羽年仅二十四岁，由是定居于此，以茶民为友，以茶叶为伴，遍历长江中下游和淮河流域，考察搜集了大量第一手茶叶种植、采摘、产制资料，用实地考察资料开始写作《茶经》。这便是天门无茶而出茶圣的历史缘由。

流寓江南的李白因参与永王李璘谋反作乱之嫌锒铛入狱，由此流放夜郎，遇赦得还时，留下千古绝唱《早发白帝城》，暗讽他的政敌为"两岸猿声啼不住"，傲视群雄"轻舟已过万重山"，以他的桀骜狂放来了一次最后的倾泻，不久就结束了他传奇而坎坷的一生。而杜甫也是在漂泊饥困中，平定"安史之乱"不久，

客死于由潭州摇往岳阳的一条小船上。盛唐的辉煌将由此暗淡下去。

陆羽虽然也很善于写诗，但唐诗的时代即将过去（而晚唐和宋词的时代还在遥远的未来），其诗作存留于世的并不多。恰是他在那样一个由盛至衰的乱世，自唐朝上元初年（公元760年），隐居江南，潜心撰写《茶经》三卷，成为世界上第一部茶叶专著，传于今日，成为历史的丰碑。显然，在陆羽之后，才有茶字，也才有茶学。正如《新唐书·陆羽传》所载："羽嗜茶，著经三篇，言茶之原、之法、之具尤备，天下益知饮茶矣。"在中国茶文化史上，陆羽所创造的一套完整的茶学、茶艺、茶道思想，以他所著的《茶经》首开先河，也是中华文明对人类的第五个重大贡献，在人类文明史上成为一个划时代的标志。

陆羽还撰下《水品》一篇，可惜今已失传，只是在其同代文人张又新的《煎茶水记》里，详细列出陆羽品评过的江河井泉及雪水等共二十品水单。陆羽逝世，后人尊其为"茶神"，始于晚唐。及至今日，由于陆羽对中国茶业和世界茶业发展做出卓越贡献，被称为"茶博士"，誉为"茶仙"，尊为"茶圣"，祀为"茶神"。

茶是中国的骄傲，民族的自尊、自信和自豪。饮茶应当思源。在陆羽家乡天门，"茶圣节"成了这里的文化品牌。人们纪念陆羽，就是因他的《茶经》风清气正，真实体现了"君子之交淡如水""清茶一杯也醉人"的道德风尚，是中华民族珍惜劳动成果、勤劳节俭的真实写照。天门虽不产茶，但是拥有茶圣之乡美名，当地将在天门建成茶博物馆，收集天下茶品向世人展示，作为中华茶文化的象征，同时将天门打造成为茶的集散地，让天下的茶从这里经过。

张庆和

诗人。国家一级作家。主要从事诗歌、散文等文学创作，有多件作品入选 200 余种图书，被译成英、法文字出版发行国外。散文《海边，望着浪花》《面对草地》《坝上月》《荔波一棵树》《关于"水的职称"说明书》《开发人生》《仰望雪山》等分别入选中学生语文阅读教材。已出版《山野风》等 5 本诗集；出版《哄哄自己》等 3 本散文随笔集；出版《张庆和纪实文学选》《凝眸，那一粒斑斓》等 2 本纪实文学集。

阳光不仅在天上还在心上

揣着浓浓的遐思和向往，一脚踏进了武当山。

武当山仙风道韵，紫气撩人。刚入山门，一段段听不完的故事和传说，一幕幕看不够的迤逦和秀美，纷纷扑面而至……武当归来，盘点着行囊里沉甸甸的"震撼"和"惊喜"，蓦然发觉，最让我难以释怀的竟然是水——是那既熟悉又陌生的武当山的水。

武当山的水起点高，1612 米高的天柱峰是它的诞生地。四处泉眼，有如四个同时出生的乖孩子，一路活蹦乱跳地奔跑而去。

四条山泉形成的清流，又宛若一架正被弹拨的四弦琴，铮铮作响；而山中那一组组、一簇簇令人赞不绝口的古老建筑，就仿佛琴弦上迸出的音符，定格在那里。

说起武当山的水，它的确应该是那里的主角。

据当地史料记载，唐代李世民执政初年，遇天下大旱，四方几番求雨不得。于是李世民便派一大臣去武当山求雨，结果天降甘霖，龙颜大悦。以今天的视点看，这雨下得仅仅是一种巧合。然而，或许正是由于这偶然的巧合吧，却成全了一座远方的大山：从那时起，武当山便有了第一座皇帝敕建的供奉"水神"的宫观，从而也为武当山后来的兴盛奠定了舆论和物质基础。

至于武当山缘何成为道教名山，还可以追溯得更远，因而就不能不想到一个人——老子和他的一本书《道德经》。

老子姓李名耳，世界百位历史名人之一，我国古代伟大的哲学家和思想家。有资料显示，他的《道德经》在世界上的地位仅次于《圣经》。据联合国教科文组织统计，在世界文化名著中，译成外国文字出版发行量最大的是《圣经》，其次就是《道德经》。老子崇尚水，"上善若水，水善利万物而不争"是他的基本思想。他认为：上善的人，就像水的品性一样。水造福万物，滋养万物，却不与万物争高下，这才是最为谦虚的美德。江海之所以能够成为一切河流的归宿，是因为它善于处在下游的位置上，所以成为百谷王。因而，"无言""无为""道法自然"等等，就成了老子看待世界的态度，进而成为"道理"，谆谆教诲后人，一直延续了两千多年。

老子把自己的确也当成水了。他觉得，水不仅仅往低处流，而且还能往高处飞。当然，那是在阳光空气等的作用下，转化、升华了的水的另一种状态——云雾虹霓。所以，当他历经了人生的冷暖炎凉，参透了人世百态之后，毅然辞官而去，向往云雾虹霓般那样自由自在的生活。

函谷关是一道闸门，要出走必须通过那扇门。老子很知趣，为了能获得方便的"通行证"，他不得不留下买路的"著述"。他端坐函谷关上静思，不几天就写出了一部五千多字的《道德经》。

老子大概不会想到，他的这部《道德经》竟感染、感动了那个把守关口、企图"阻拦"他出关、并"发难"向他索要"著述"的人——尹喜。尹喜获得了"著述"，从此也辞官不干了，怀揣着老子的《道德经》，四处寻找起能够修身养性的圣地来。

可以说，武当山是尹喜到达的最后一站。在那里，他看到了淙淙的清泉和飘逸的云朵，他听到了百鸟的婉转和松风的歌唱，他嗅到了百草的芳香和山花的明艳，他一定也感叹过那七十二峰朝大顶的神奇和壮观……尹喜喜不自胜，庆幸自己终于找到了能够承载老子思想、进行自我修炼的绝妙境地。尹喜"寻找"的经历一定充满艰辛，而修炼的过程抑或更不轻松。他心灵深处是否有过一场恶战，他怎样讨伐孤寂，如何抵御诱惑，人们不得而知。从此，尹喜就把武当山作为了实现夙愿、安放灵魂、传承老子思想的神奥之地，苦修苦炼，直至后人把他奉为了"得道"的神。

从唯物主义的观点出发，神是不存在的。但作为一种文化现象，它却给了后人不少的精神营养和启迪。比如那位由神化人、蘸水磨针的老太太，并以此启迪"真武"苦读的故事，到那里方知，原来这"事件"就诞生在武当山中。"铁杵磨针"是假的，而"故事"却是真的。世世代代就那么传来讲去，有谁说得清这故事曾经启迪、诱导了多少积极用世、努力进取的人生呢！

这就是文化浸润的力量，也是武当山的魅力所在。

老子对水的理解和释义是很到位的。他对水的崇尚与赞美可谓达到了后无来者的境地——"上善若水"；"水"几乎就是他的"道"；并且把居善、心善、与善、言善、政善、事善、动善这"七善"，也毫不吝啬地赠送给了水。

老子是个读书人，他有学问，懂历史，之所以崇拜水，有其深厚的文化根源。"金木水火土"五行，是人们最先认识的物质形态，水则是其中之一。而后又有了关于水与人的关系的许多传说和故事：比如出土陶器上的"水纹"，传说中的水神"共工"，治水的"大禹"，修建都江堰的"李冰父子"，乃至后来历朝历代管理水务的大臣，以及当代的水利部门等等，都足以说明人们对水的崇拜和重视。

　　武当山的水是有功劳的。它因肯于向下而成景，因敢于翻越坎坷而能歌；它飘动的云霓拂绿了山峦，它晶莹的晨露润红了花朵；那由纯净涤亮的万物惹眼，那灵动引诱得众禽争鸣；以雾为形，它舞美了八百里山脉；以隐为库，它"内存"了万般丰富……水在武当山是不可替代的圣物。水和龙彼此不分，有水的地方必有龙，人们便以"龙宫""龙潭""龙池""龙泉"为寄托，水被至高无上地尊崇着，膜拜着，弘扬着，走过了千年百年。"水态""水性""水义""水愿"，一个水字，让武当山的历史水灵灵地鲜活。然而，武当山还有另一种水，它流得崇高，流得难忘，流得辛酸，流得沉重。

　　那个时代，君王至上。自知肉眼凡胎的明朝皇帝朱棣，为争取政治的合法性，弄得一个名正言顺的帝位，便拿神来说事儿。他蘸着侍女研磨的墨水，一挥笔，一道圣旨下来，要在武当山敕建"紫金城"，为传说中的"真武大帝"加冕。于是江南九省的资财，全国三十万工匠，便浩浩荡荡地朝武当山涌来。三十万工匠，就意味着有三十万个家庭要离散。那妻儿相送的悲戚，谁听到了？那扶杖老人盼归的泪眼，谁看到了？那在圣旨阴影下陡增的苛捐杂税，谁过问了？武当山的"紫金城"与北京的"紫禁城"几乎同时动工，一建就是二十四年。

　　二十四年日晒雨淋，二十四年风寒霜雪，二十四年蚊叮虫咬，二十四年历尽艰险，还有那二十四年的相思、乡情，是怎样地灼烤着工匠们的灵魂，其苦痛、其苦衷谁人能知？……那时的武当山就是一个大工地，工匠们抛洒了多少汗水，又有谁说得清楚！

　　在武当山博物馆里，有一处被浓缩了的施工场地。工匠们有凿有扛，有刨有锯，那场面还很有些逼真。复制的岁月再形象，也难以再现那往日的鲜活。且看天柱峰垒筑"紫金城"宫墙的石块，每块都在一吨以上。那么陡峭的山崖，那么沉重的负荷，在运输工具并不发达的当初，是怎样运上去的，是怎么垒上去的，而且数百年仍如此坚实牢固？遥想彼时情景，连当今的建筑专家们都情不自禁地发出一声声感叹。如此浩大艰巨的工程，如此艰险艰难的施工，肯定有流淌的血水，肯定有遇难的工匠。抱着一种似乎有点挑剔的心思，在那里我终于看到了一块纪念三百六十八名死亡者的石碑。"一将成名万骨枯"，这里真的是只安放了三百六十八位亡灵吗？那些死亡者名单里，是否也包括了为工程献出生命的普通得不能再普通、卑贱得不能再卑贱的"下等人"！

历经数百年的风雨行程，墨水、泪水、汗水、血水、潺潺流淌的泉水、从天而降的雨水，就这样聚集着，交织着……每一滴水都在诉说着武当山的凝重。

武当山是一部水的文化史。山是硬件，水是软件，丰厚的文化是它的内存。山，诠释宏伟；水，演绎太极。水善，滋润万物；水智，启迪灵性。水无言，山捧出花朵向它致意；水隐忍，山举起绿荫把它颂扬；水无争，山撷来秋果为它祝福；水洁净，山披挂银装为它布告……

有人说，参透了武当山的水，就会获得一种平和的心境和看待世界的智慧。所以，如果说武当山是中华灿烂文化的一个章节，水当是武当山这一章节的主线或脉络。

在武当山金顶一隅，矗立着一块"圣旨碑"。上面镂刻着明永乐十七年五月敕建武当山"紫金城"的一道圣旨："今大岳太和山大顶砌造四周墙垣，其山本身分毫不要修动。"仅凭这一句，人们也该为朱棣皇帝说句公道话了。

这是一种环保意识萌动，是对大好河山的敬畏，还是出于一种什么别的心思？对朱棣皇帝的意欲不好揣度。但，这道圣旨的客观效果倒是值得一说。

无疑，这圣旨是一道难题，但同时也让修建"紫金城"的工匠们大显了一番"身手"，从而成为武当山乃至中国的一笔珍贵文化遗产。这里，且不说那顺势而建的"太子坡"造型如何奇特、美观，工艺怎样先进、考究，只说"金顶"的那道宫墙吧。它绕着山腰顺势而筑，最后形成曲曲弯弯的墙垣，再加上金顶一侧一座突兀隆起的山头，当几年前人们乘直升机航拍时，惊喜地发现，那满山的碧绿仿佛深不可测的大海，那椭圆形宫墙又活脱脱一只龟的裙边。因而由宫墙、金顶和那座小山三者组成的立体图案，原来是一只正在朝着远海游走的"大龟"。

　　这不是巧合，是武当山金顶"紫金城"的建筑设计者们独具匠心的艺术创造。一项工程一旦上升到了艺术的层面，其审美价值，就远远地超出建筑本身的意义了。

　　还须称道的是，自从朱皇帝下达了"其山本身分毫不要修动"的圣旨，后来不管是敕建还是修缮武当山的人，真的就再没有人去随意"修动"它，致使那里的山水草木、飞禽走兽们才一直悠然自得地生存着，繁衍着。那四条如练的清泉，也才潺潺不倦地歌唱着，跨越了千年、百年，而没有像"飞流直下三千尺"的庐山瀑布，早已消失得无影无踪。

　　游武当山期间，有幸乘船游览了太极湖。太极湖原名丹江水库，是我国南水北调中线工程的水源，始于金顶的四道清泉就注入在太极湖里。望着那青山碧水，不禁感慨万千。感慨六百年前的那一次"敕建"，竟为后人保留下这方清水净地；感慨那里渗出的一滴滴甘泉，六百年后竟有了这么一次神妙的轮回——它以"上善"之水，来回报当年曾经关注过武当山的北京城。

徐 可

中国作协会员，启功研究会理事，高级编辑。长期从事媒体工作，业余以散文写作为主，兼及小说、报告文学、文学评论等，作品散见各大报刊，并被选入各种选本和语文课本，结集出版的有《三更有梦书当枕》《三读启功》《为了我们的明天》《三更有梦书当枕（之二）》等，译著有《汤姆·索亚历险记》《六个恐怖的故事》等。曾获中国新闻奖、中国报人散文奖等。

飘落在江南山水间的丝绸

一

一块五彩斑斓、柔软光滑的丝绸飘落在江南的山光水色中，人们给她起了一个好听的名字，叫"盛泽"。

盛泽是苏州市吴江区下属的一个镇，地处江浙两省的交界处，春秋时期是吴越两国的边城之地，可吴可越。当地有学问的老人说，盛泽地名的由来，有好几种版本；可是我还是愿意"望文生

义"，相信这个名字肯定与当地水泽丰盛有关。

的确，盛泽"盛泽"，湖泊众多，水资源丰富。盛泽镇的东西两头，分别是两个湖。东为菱叶渡，俗称东白漾，虽然面积很小，但它的四周却连通着五条河。西为盛泽荡，俗称西白漾，又名舜湖，这是一个大湖，纵横逾四里，水势壮阔，烟波浩渺。两湖之间，一条市河横贯东西，两岸就是镇里最为繁华的南北两大街。倘徉在镇区的任何一个地方，随处可见一湾湾绿水，一座座小桥，幽雅而又富于水乡情致。据地方志记载，舜湖周围十公里，"水光回绕，遥接平林，凫渚花汀，更多殊境。波卷洞庭之雪浪，源探天目之云根，贾舶渔舟，疾催飞鸟，千树万落，掩映烟峦"。

这里简直就是上帝赐予的一方宝地。地处太湖流域的盛泽，沃野平展，阡陌纵横，湖荡密布，雨量充沛，气候温暖，物产丰阜。

在这丰富的物产中，有两种毫不起眼的生物结合在一起，衍生出了一种美丽绝伦的物件。

在漫山遍野的草木植被中，有一种树，叫桑树。千百年来，它春绿秋黄，冬天叶枯掉落，无人理会；

在无以计数的动物昆虫中，有一种虫儿，人们叫它蚕。多少年间，它吐丝结茧，羽化成蛾，自生自灭，无人理会。

不知道是哪一朝哪一代、哪一年哪一月，不知道是哪个聪明的先人，突然发现桑叶可以喂蚕，蚕可以结茧，茧可以缫丝，丝可以织成布匹，缝成衣裳……

于是，一种叫作"丝绸"的东西问世了。它的发明者不知道，这种薄如蝉翼、轻如鸿毛、柔滑似水的东西，竟会价比黄金，竟会闹出惊天动地的大动静，铺就一条中华帝国通往西域邻邦的"丝绸之路"……

二

在一只形同筛子的竹编容器中，一只肥嘟嘟的蚕宝宝正在专心致志地啮食着鲜嫩洁净的桑叶。它是那样贪婪，那样专心，以致无暇理会它的小伙伴们——它们也都在埋头啮食着桑叶，顾不上彼此交流。

它们是那样专注于眼前的美食，谁也没有注意到，在它们的容器旁，站立着一位瘦削的农人，那是它们的主人，正用怜爱的眼光温柔地抚摸着它们。是他，以及他的家人，为蚕宝宝们准备了如此鲜嫩洁净的盛宴，他们知道，蚕宝宝爱干净，不能容忍一丁点不洁。

这些蚕宝宝已经经过三轮蜕皮了，在它们的生命中，这已经是壮年了。它们将完全成熟，渐渐停止进食，准备"上山"吐丝结茧。而它们的主人，已经准备好了结茧所需的簇器，准备迎接蚕的一生中最辉煌的时刻到来。

蚕宝宝的生命很短暂，短暂到只有四十到六十天；蚕宝宝的思维很简单，它们只是拼命地吃桑叶，把自己吃得白白胖胖的，然后吐丝结茧，羽化成蛾。它们没想到，自己用生命吐出的丝，对人类还有那么大用场，没想到洁白的丝线能变成多彩的丝绸。

蚕宝宝没想到的，盛泽人想到了。早在五千年前，太湖流域的先民们就已学会了栽桑、养蚕、缫丝、织绸。至唐代，盛泽一带的丝绸生产已渐成规模，几乎家家户户都养蚕缫丝。"四邻多是老农家，百树维桑半顷麻。尽趁晴明修网架，每和烟雨掉缫车。"这是晚唐诗人陆龟蒙寓居吴江时所做的诗句，可见当时吴江地区养蚕缫丝已相当普遍。元代著名的意大利旅行家马可·波罗游历到此，目睹了这里生产的生丝和绸缎，见到了许多商人和手工艺工人，称赞这里生产的绸缎质量最好，并在《马可·波罗游记》中记述了将绸缎运至省中出卖的情况。

明代，随着东南沿海的开发，盛泽的手工丝织业迅速兴起和发展，形成颇具影响的产业。据乾隆《吴江县志》记载："成（化）弘（治）（1465-1505）以后，盛泽黄溪四五十里间，居民乃尽逐绫绸之利，有力者雇人织挽，贫者皆自织，而令其童稚挽花。"明末清初，盛泽的丝绸贸易日趋繁阜，先后出现了新杭绸市、黄溪绸市和盛泽绸市，形成了"水乡成一市，罗绮走中原"的盛况。明末著名文学家冯梦龙在《醒世恒言》中描绘当时的盛泽是："苏

州府吴江县离城七十里，有个乡镇，名盛泽，镇上居民稠广，土俗淳朴，俱以养蚕为业。男女勤谨，络纬机杼之声通宵彻夜。市上两岸绸丝牙行，约有千百余家，远近村坊织成绸匹，俱到此上市。四方商贾收买的，蜂攒蚁集，挨挤不开，路途无驻足之隙。乃出产锦绣之乡，积聚绫罗之地。江南养蚕所在甚多，唯此镇处最盛。"随着丝绸业产量不断增长，外省的绸商纷纷来盛泽采购丝绸，并在盛泽建立会馆。从顺治（1644-1661）到嘉庆（1796-1820）年间，盛泽先后建成了金陵、任城、山西、绍兴、宁绍、华阳、徽宁、济东八大会馆，"为全国所仅见"。

从明代中叶至今的五百年间，虽然世事变迁，历经盛衰，然而丝绸业始终是盛泽经济的支柱。盛泽以一个小镇的规模，与苏州、杭州、湖州并称为中国四大绸都。民国年间，有报纸形容盛泽"日出万绸，衣被天下"，就是对当时盛泽丝绸业最好的写照。

三

丝绸的发明者，一定是位风华绝代的美女。她热爱美，又有着超群的想象力。

传说中的丝绸发明者嫘祖，正是这样一位绝色佳人。她是传说中的北方部落首领黄帝轩辕氏的元妃。据说是她发明了养蚕治丝，北周以后被祀为"先蚕"（蚕神）。大诗人李白的老师、唐代著名韬略家赵蕤所题《嫘祖圣地》碑文称："嫘祖首创种桑养蚕之法，抽丝编绢之术，谏诤黄帝，旨定农桑，法制衣裳，兴嫁娶，尚礼仪，架宫室，奠国基，统一中原，弼政之功，殁世不忘。是以尊为先蚕。"元代张履祥《通鉴纲目前编·外纪》载："西陵氏之女嫘祖为黄帝元妃，始教民育蚕，治丝茧以供衣服，而天下无皴瘃之患，后世祀为先蚕。"盛泽的先蚕祠是江南地区仅存的供奉"蚕神"嫘祖的庙宇。建造于清道光年间的这座庙宇，规模宏伟，其精美的建筑在江南各地也是翘楚。自古以来，每年蚕月开始时，蚕农都会祭祀嫘祖。传说中嫘祖的生日"小满"当天，先蚕祠都会举行规模盛大的祭祀活动，同时连唱三天"小满戏"以酬谢嫘祖恩泽。当此之时，江浙一带的戏曲爱好者闻风而来，人潮如涌，热闹非凡。民国时期沈秋凡有诗云："先蚕庙里剧登场，男释耕耘女罢桑。只为今朝逢小满，万人空巷半新妆。"

传说当然不可考也不可信，可是我们还是要感谢聪明的先人，为我们发明了这么一种美丽的面料，把这世界装扮得更加绚丽多彩。盛泽人也许不是最早发明丝绸的人，但是他们把丝绸做到了极致，做出了世界上最美的丝绸，做成了中国最大的丝绸产地。

盛泽生产的丝绸种类繁多，品质优秀。春秋战国时期，当地的养蚕方法已经十分讲究，缫出的蚕丝质量很高，其纤维之细之匀，可与近代相媲美，当时已有"一女不织或受之寒"的民谚。秦汉时期，盛泽丝绸技术飞跃发展，染、织、绣工艺空前提高。隋唐五代时期，丝绸工艺技术达到前所未有的水平，各种产品丰富多彩，特别是纬锦大量出现，标志着提花技术的重要变革。唐代，盛泽生产的吴绫成为贡品。明正德《姑苏志》上说："绫，诸县皆有之，而吴江为盛。唐时充贡，谓之吴绫。""吴绫"，让人一下子想到了"吴语"，吴侬软语，柔软而光滑，轻盈而温润。到了明代，丝绸技术高度成熟，盛泽生产的丝绸就有绢、罗、绫、绸、纱、棉布、苎布、缂丝布等许多种类。"盛纺"曾是盛泽丝织品中产量最大的品种，也是最具代表性的丝绸产品，因质量优异而被冠以地名，与"杭纺"齐名。清代，传统丝绸业达到了手工生产的顶峰，在清宣统二年（1910）举办的南洋劝业会和意大利都灵博览会上，盛纺都捧回了最高奖项。1915年，盛纺还与茅台酒一起荣获美国巴拿马赛会金奖。

在盛泽，五颜六色的丝绸以及丝绸制品争奇斗艳，令人眼花缭乱，目不暇接。其中最引人注目的当属宋锦制品。宋锦是在唐代织锦的基础上发展起来的，以桑蚕丝为原料，经线和纬线同时显花，具有宋代艺术风格。它与南京云锦、四川蜀锦一起，被誉为我国的三大名锦。宋锦古朴典雅，结构细腻，图案纤巧秀美，色彩艳而不俗，被誉为中国"锦绣之冠"，已被列入世界非物质

文化遗产。爱美的女士们当然不会错过这些精美的衣裙、手包、披肩，爱家的男士们当然也不会空手而归。

　　盛泽，一块五彩斑斓、轻柔光滑的丝绸，轻轻地飘落在江南的山光水色间，装点得这片山水分外妖娆。

跨界

KUA
JIE

黄乔生：清水安三藏鲁迅手书佛偈

蒋 力：李德伦三记

万伯翱：一件灰呢大衣

（文字统筹／朱小平）

黄乔生 —————————————

现任北京鲁迅博物馆（北京新文化运动纪念馆）常务副馆长，研究馆员，中国人民大学兼职教授、博士生导师，中国鲁迅研究会秘书长。著作有：《周氏三兄弟》《鲁迅与胡风》《鲁迅像传》《鲁迅：战士与文人》《八道湾十一号》等。参与编辑《回望鲁迅》（22 卷）、《鲁迅博物馆藏品精选丛书》（5 卷）、《鲁迅藏外国名著插图本》（4 卷）、《鲁迅藏外国版画全集》（5 卷）、《鲁迅藏拓本全集》（12 卷）等书籍。

清水安三藏鲁迅手书佛偈

最近友人给我看了一件挂轴，是鲁迅手书四句佛偈："放下屠刀，立地成佛；放下佛经，立地杀人"。

此偈似曾见过。

原来，1996 年，北京鲁迅博物馆编辑出版的《鲁迅研究月刊》登载了李思乐的《由鲁迅的一张明信片想到的——放下屠刀立地成佛》一文，介绍的是日本中国文学研究者饭田吉郎在《从地球的一点开始》上发表的相关文章。

据饭田吉郎介绍，十六字偈"放下屠刀，立地成佛；放下佛教，立地杀人"写在一张明信片上，寄信人是"鲁迅"，收信人是"上海市徐家汇 清水安三先生"，因为邮戳盖得太乱，不能确定写作时间。另外，在明信片的正面还有手书"应需回信"四字。

这次看到的鲁迅手书十六字偈（有署名，24cm×20cm）则是装裱成挂轴，并非饭田文中描述的明信片。友人推测，可能是珍藏者或他人将明信片背面揭裱制成了挂轴。这样一来，饭田文中提到的明信片的"正面"就另藏他处或被丢弃了。这其实是很可惜的，我觉得清水先生不会如此损毁原件。而且，挂轴手迹的尺寸比常见的明信片大得多，如果邮寄，须有一个信封，而非明信片。

因此，我推测这可能是另外一件鲁迅手迹。

挂轴装在一个雅致的小木盒里，盒盖内侧有清水安三亲笔题识："朝花夕拾，安三 七十七。"又有一段小字道："此书是周树人先生之真笔也。思慕故人不尽，添四个字在此，这是鲁迅先生书名也。"

清水安三1891年出生于日本滋贺县的一户普通农家，1917年作为天主教神甫被派到中国传教，1920年在北京朝阳门外创立崇贞女子学园（曾名朝阳中学，今名陈经纶中学），后曾在天桥附近创办救济院爱邻馆。他在北京期间，担任过日文《北京周报》记者，写了大量介绍中国社会现状的报道。他与鲁迅兄弟相识，曾到西城新街口八道湾十一号周宅访问。鲁迅和周作人日记中有不少关于清水安三来访的记载。清水后来写了多篇文章介绍他与鲁迅的交往，用"交往甚密"来形容，并自认为是"最初向日本介绍鲁迅的"日本人。清水安三1946年回日本，创立了樱美林学园，1988年去世。他为鲁迅手迹挂轴写题记是在他77岁的1968年。

清水安三逝世五年后，饭田吉郎写了上述文章。对于这篇文章，中国研究者在介绍时已经指出一些讹误之处。例如，文中说清水安三逝世于1964年。假如不是笔误或印刷错误，可以说明饭田与清水安三并不熟悉，其对明信片的知识可能得之于他人转述。笔者这次也看到挂轴与饭田介绍的明信片之间的一个明显的

差异：明信片上第三句是"放下佛教"，而挂轴上写作"放下佛经"。2005年人民文学出版社《鲁迅全集》第8卷《集外集拾遗补编》根据饭田的文章收录四句佛偈（第三句正是"放下佛教"），命名为《题寄清水安三》，写作时间定为1923年，似无确切证据。而且，饭田的文章没有配发明信片图像，严格地说是不能采信的。

如果这个挂轴是真迹，那么以后新版的《鲁迅全集》可以将此偈中的"佛教"改为"佛经"了。当然，挂轴也不能成为否定明信片存在的证据，我们仍期待明信片的出现。

有一点是明了的：饭田或向他介绍明信片的人并没有见过挂轴上这幅手迹。如果他们见到了挂轴，就不会将"佛经"写作"佛教"，也不会不介绍木盒盖内侧清水安三的题识。

不妨做这样的推测，鲁迅曾寄给清水安三写有四句佛偈的明信片，清水安三收到后，注上"应需回信"。回信在表示感谢的同时，提出另写一幅字体较大者的请求。鲁迅满足了清水安三的要求，在行文中把"佛教"写成"佛经"。

在与鲁迅有密切交往的日本文化界人士中，清水安三是一个重要人物。清水回忆说："我是一九一九年五四运动之前，从沈阳来到北京的。一九二四年前往美国，住了三年。以后也在上海和鲁迅见过面。"新文化运动诸大家中，清水与周作人过从甚密。有一次他去八道湾十一号周宅拜访周作人不遇，正要离开，一位中年男子从厢房探出头来说："如果您肯见我，请进来吧，我们谈谈。"进屋后清水才知道，这人是他早想拜见的鲁迅先生。1921年和1923年的鲁迅日记记载多次与清水的交往，如1923年1月20日，"晚爱罗先珂君与二弟招饮今村、井上、清水、丸山四君及我，省三亦来。"清水说，鲁迅留给他印象最深刻的是"为人非常善良，但直言不讳"。清水曾将自己写的汉诗交给鲁迅修改。鲁迅几乎一字不落地做了修改，并劝说清水："你不要作汉诗了，日本人不适合。"鲁迅批评日本人的汉诗只讲道理，不讲诗趣。清水深受触动，后来多次向人讲述这个情节。

鲁迅定居上海后，清水介绍日本人给鲁迅，其中包括内山书店老板内山完造。从鲁迅日记中可以看出，1931年是两人一生第二个密切交往期。5 月 6 日，清水和增田涉一起拜访了鲁迅，几天后，鲁迅和增田涉回访清水，共进晚餐。但 5 月 21 日，鲁迅突然写道"清水三郎君来"，查鲁迅在上海所交往的日本人中，还有一位清水三郎，从事地质工作。那么，此后鲁迅日记中不断出现的"清水君来并赠水果一筐""邀清水、增田二君饭""邀清水、增田、蕴如及广平往奥迪安大戏院观联华歌舞团歌舞""得清水君所寄复制浮世绘五枚""得清水君所赠刘田岳碛河底石所刻小地藏一枚"等记载，有可能是清水三郎。

鲁迅手书佛偈的前两句"放下屠刀，立地成佛"，为人所习见，语出《续传灯录》卷第二十八《大鉴下第十六世·昭觉圆悟克勤禅师法嗣》："广额正是个杀人不眨眼底汉。飏下屠刀立地成佛。"明彭大翼《山堂肆考·征集》卷一："屠儿在涅槃会上，放下屠刀，立便成佛，言改过为善之速也。"但鲁迅笔锋翻转写下"放下佛经，立地杀人"，却很具批判性和讽刺性，带有鲁迅一贯的思想深刻、言辞犀利的特点。

假如这幅手迹是真迹的话，我推测可能写于 1931 年前后。这一年鲁迅、内山完造、增田涉和清水安三在上海多次见面。有一天，鲁迅到住处附近的内山书店谈天。谈话间，内山完造感慨地说："我在上海居住了二十年之久，眼看中国的军阀政客们的行动，和日本的军阀政客的行动，真是处处相同：那就是等待时机，一朝身在要职，大权在握，便对反对他们的人们，尽其杀害之能事，可是到了局势对他们不利的时候，又像一阵风似的销声匿迹，宣告下野，而溜之大吉了。"鲁迅觉得这番话说得好，第二天据此写成《赠邬其山》（邬其山为内山完造中文名）一诗："廿年居上海，每日见中华。有病不求药，无聊才读书。一阔脸就变，所砍头渐多。忽而又下野，南无阿弥陀。"如果将这首诗浓缩一下，特别是把后四句加以引申，就是鲁迅手书四句佛偈的精神了。

鲁迅性格刚烈，坚持原则，厌恶社会上那些无特操者。上海时期，他的杂文中颇多此类人物形象，例如他曾批评戴季陶说："他的忽而教忠，忽而讲孝，忽而拜忏，忽而上坟，说是因为忏

悔旧事，或借此逃避良心的责备，我以为还是忠厚之谈，他未必责备自己，其毫无特操者，不过用无聊与无耻，以应付环境的变化而已。"在另一篇杂文《归厚》中，他讽刺中国官场怪状说："古时候虽有'放下屠刀，立地成佛'的人，但因为也有'放下官印，立地念佛'而终于又'放下念珠，立地做官'的人，这一种玩意儿，实在已不足以昭大信于天下：令人办事有点为难了。"鲁迅虽不信教，但对于信仰坚定、舍身求法的人心怀敬佩，常致赞辞，无论其信仰的是什么教派。他对基督教徒内山完造和清水安三有好感，就因为他们日常笃信力行，不是忽而这样、忽而那样的无特操者。清水安三1910年考入京都的同志社大学神学部，大学五年级时读到德富苏峰的《支那漫游记》，又在奈良唐招提寺了解到鉴真和尚的事迹，遂立志到中国传教，以回报鉴真和尚历尽磨难为日本带来佛教的恩德。他热爱中国，真心关切中国的命运和人民的疾苦，尽力帮助普通民众摆脱苦难生活。他是一位和平主义者。1919年五四运动期间，在北京的日本人开会通过要求日军出兵中国的决议，全场唯有清水表示反对。日本侵占中国东北，清水忧心忡忡，说："我有一颗十分爱日本民族的心，但同时又有一种把中国的忧患当成自己忧患的心情。"他发表了一系列文章和评论，公开表达伸张正义的态度。他的评论引起日本国内军部的忌恨，刊登这些文章的日文《北京周报》，在军部压力下被迫停刊。"七七事变"爆发后，日军计划空袭北平城。许多人劝清水外出躲避。他回答说："让我这个当老师的死里逃生，我不能这样做，我也干脆就死在这里，要让人们看看，我是如何被日军杀死的！"

清水充分认识到鲁迅的价值，赞扬鲁迅"痛苦地诅咒了真正黑暗的人生""将中国的旧习惯和风俗加以咒骂"的思想和文风。他喜欢鲁迅这一半抄录一半发挥的四句佛偈，请鲁迅书写，装裱珍藏，正在情理之中。

蒋 力

音乐评论家，歌剧音乐剧制作人，作家。中国歌剧研究会副秘书长，中国音乐剧研究会理事，《歌剧》杂志编委，中央歌剧院研究员。担任过制作人或艺术统筹的剧目有：小剧场歌剧《再别康桥》，歌剧《杜十娘》《霸王别姬》《青春之歌》，音乐剧《五姑娘》等。独立或参与了一系列影响甚广的专题音乐会和重大演出活动。著有纪实文学作品集《变革中的文化潮》《王叔晖画传》《杨联陞别传》，随笔集《音乐厅备忘录》《书生集》和歌剧音乐剧评论文集《咏叹集》。

李德伦三记

2017 年，是指挥大师李德伦先生百岁诞辰。笔者因种种关系，曾与李先生接触、交往多年，亦编出过《交响人生》和《忆德伦》两书。近以此文撮述旧事，以示怀念之情。

1975：纪念冼星海

1975 年是人民音乐家冼星海逝世 30 周年，冼星海遗孀钱韵

玲给毛泽东写了一封信，她说：星海逝世后，毛主席是题过词的。他的《黄河大合唱》演出时，毛主席亲自看过，并给予鼓励，说是很好。近来聂耳、星海的歌曲都不唱了，而日本、苏联都还在纪念聂耳和星海。苏修还可能利用今年的纪念活动来反华。

毛泽东在钱韵玲的信上做了同意搞纪念活动的批示。

10月6日，张春桥通知刘庆棠，让他负责音乐会的筹备。7日，刘庆棠召集李德伦、马济川二人，布置工作。文化部为此还责成艺术局起草了一份请示报告，以"文发〔1975〕85号"的名义，送张春桥审批。11日，张春桥批示：不提纪念逝世，也不要提纪念，可以提作品音乐会。刘庆棠在传达时说：江青说她不出席，也不要请人，名字也不要登报。22日审查时不要坐满观众，可送一些票，如塞克可请来看，讨论不要参加。

李德伦提出：是否可以请钱韵玲同志。未获批准。

23日，李德伦托胡乔木转呈的一封信，送到了邓颖超办公室。中午，邓颖超给李德伦打来电话，大致内容是：你的信收到了。你的身体好吗？李珏同志（李德伦夫人）身体好吗？在电视上看到纪念聂耳、星海音乐会的预告了，很想来，但我身体也不好，到人多的场合身体也支持不了。总理身体也不好，我每天都要跑到医院去照料医疗方面的事，也走不开。知道要举办这次音乐会就很高兴了，是人民的音乐家嘛，应该纪念！我不能来，但一定要在电视上看……

李德伦在演出前分别向参加演出的各单位负责人及全体演员传达了电话内容。后来于会泳、钱浩梁（浩亮）都追问过此事，刘庆棠对李德伦说：说了不要请这些领导同志，你还打电话去请邓颖超同志，也不通过我们，我们很生气！

演出前一天，李德伦给刘庆棠打电话，再次请示是否可以邀请钱韵玲。他说："钱韵玲同志在北京，是不是应该请一请？"刘说："那也不请。"李说："这么做就不太好了，她千里迢迢从杭州来，还不请一请？"迫不得已，刘庆棠说："你就给她一张票吧。"星海的夫人这才得以参加这次纪念星海的音乐会。

参加演出的音乐工作者都非常兴奋。中央乐团合唱队当时还有别的事，只能晚上加班排练《黄河大合唱》。十来天里，没有一个人提前离开排练场。因当时的中国歌舞团在广州的广交会上演出，就把民乐合奏的任务布置给了中国歌剧团。歌舞团听说后表示：我们还有二十来人留在北京，可以担负这次演出。新影乐团民乐队也表示，保证在完成电影配乐录音的同时，参加这个演出。最后在音乐会上出现了一个近百人的民乐乐队。

当时仍在"四人帮"统治下的文化部，尽其所能地压低了这次纪念音乐会的规格，压缩了相关的纪念活动。已经印好的节目单，封面写的是"人民音乐家聂耳冼星海作品音乐会"，封二有毛泽东的题词"为人民的音乐家冼星海同志致哀"，里面有聂耳、星海的照片，被禁。北京电视台（如今的中央电视台）欲播人物专题介绍，被禁。音乐研究所筹办的"聂耳星海革命事迹纪念室"，被禁。音乐学院欲请钱韵玲去做星海生平介绍，临时改请他人，改讲如何在星海革命歌曲鼓舞下进行战斗。北大中文系计划举办的讲座，也被迫取消。

尽管如此，人民音乐出版社为之赶印的《黄河大合唱》10万册、《聂耳冼星海歌曲集》20万册，还是在音乐会前顺利出版，且瞬间一售而光。乌兰夫、谭震林、王震、周建人等老领导也出席了音乐会。新华社1975年10月25日讯：由文化部举办的纪念人民音乐家聂耳冼星海音乐会今晚在首都民族宫剧场举行。

那年我17岁，因患急性肝炎住进北大医院，传染科病房走廊里有一台黑白电视，我有幸从电视上看到了演出的盛况。出院后，我买到了上述两本歌本。1977年，我又成了贝多芬纪念音乐会的观众之一。那是我第一次现场欣赏李德伦先生的指挥艺术，亦是第一次现场聆听交响乐。转年，进大学读书。其间，李大爷曾来校讲座，主讲"贝五"。他来之前，同学们即已格外期待，闻知我听过现场演出，更是缠着我问这问那。讲座那天所在的阶梯教室，上座率之高可谓空前绝后，连窗户框都坐上人了。这样的讲座，李大爷讲了几百场，遍及全国，听众难计其数。

1977：西洋乐曲（交响乐）再度解禁

1990年4月29日，在为"柴可夫斯基作品系列音乐会"举行的新闻发布会上，指挥大师李德伦先生回顾了1977年演出贝多芬作品的往事：

1963年以后，西洋乐曲（交响乐）在中国的演出就已经很少了。1965年10月，演交响乐队伴奏的《沙家浜》之前，点缀式地演了李斯特的钢琴协奏曲，那年年底还开了纪念西贝柳斯的音乐会。1965年以后就一个曲子也不演了。

"文革"中联邦德国外长谢尔来访（1972年），总理提出：内部演贝多芬的交响曲，于会泳说质量不行，可排"贝六"。仍未演成。1973年，批准了三个外国乐团来华。1974年批判"无标题音乐"。江青的态度是可以用外国作品练习；真正练，也只练了一个。"文革"中总理多次提出贝多芬的作品应该演，他接见外宾后与我单独谈过数次。

1977年是贝多芬逝世150周年，我们1月打报告，提出要举办纪念演出，演奏他的第五交响曲。当时艺术局的负责人是贺敬之，他同意后，向部长汇报。华山不懂这个，请示中宣部。定不下来，中宣部请示中央，没有回音。3月26日是贝多芬的忌日，音乐会卖票前一日，仍无消息。我提心吊胆，做好了换曲目的准备。晚上十点多来电话，告知政治局讨论通过，可以演贝多芬。

电台、电视台都直播了那次音乐会，国际广播电台播了第四乐章。外电评论"中国演了外国古典交响曲"。

当时还很谨慎，就演了一个"贝五"，音乐会前面的曲目是中国的琵琶协奏曲《草原小姐妹》和弦乐曲《二泉映月》。

西洋乐曲从此开始在中国再度解禁！

1990：听李德伦说老柴

1990 年是俄罗斯伟大的作曲家柴可夫斯基诞辰 150 周年，联合国教科文组织为了纪念他，将该年定为"柴可夫斯基年"。中俄两国关系特殊，柴可夫斯基在中国也是备受尊崇的作曲家，不然于他不会有"老柴"这样亲近如友人般的称呼。这一年，由文化部、中国音协、对外友协和中苏友协（苏联尚未解体）四个单位联合主办了"柴可夫斯基作品系列音乐会"（六台），在 5 月至 7 月两个多月的时间里持续推出。中央乐团是主要演出单位，李德伦、韩中杰、秋里、汤沐海、石叔诚、谭利华、王军等七位指挥轮番登台。歌剧选曲那台，邀请了中央歌剧院的声乐演员合作。年内，在京的其他乐团也纷纷响应，演出了专场音乐会，使之成为当年京城乐坛盛事之一。中央乐团为系列音乐会的举办，于 4 月 29 日下午举行新闻发布会，李德伦先生在会上讲了很多。我当时是《中国文化报》记者，没有录音机，凭笔记下了李大爷讲的大部分内容，包括对我提问的回答：

> 交响乐现在变成了次要部分，现在是歌声、电声、鼓声的世界。
>
> 这次本来打算搞联合活动，在京各团一齐上，交响乐、歌剧、芭蕾都演。因为院团现状不景气，未实现。广播乐团也要搞音乐会的。上海、山东、哈尔滨、天津等地也有相应纪念活动，也是借机重整严肃音乐阵地。近年来，青年人的思想比较空虚，积极的东西很少，流行艺术大为盛行。我老古板了，保守。记得当年去书店（旧书摊），看到的大多是名著。现在是侦探、恐怖、武侠，刺激青年满脑子的净是这些。不努力地提倡，任其自流，我们不忍心。1930 年我上中

学时就喜欢柴科夫斯基和贝多芬，从他们的作品中得到力量，对美的追求更明晰，精神世界更理想、完美。那年秋天就是"九一八"，从此战争频仍。日本占领北平数月后，我的一个同学非常消沉，整天跳舞、酗酒，甚至想自杀。听了"柴五"的唱片后振奋起来，认定应该做点高尚的事。后来他就去了延安。

1951年，在北京人艺，为声援抗美援朝，我指挥演出了柴可夫斯基的《一八一二序曲》，管乐团、军乐团都参加了（当时接管的是"剿总军乐团"）。1958年我从苏联回国后的第一场音乐会，指挥了"柴六"，我在演出前先做了讲解。1982年，在海淀剧院演"柴六"，音乐会后我接到一个青年女工的来信。她说那时正失恋，痛不欲生，路过海淀剧院，见到海报上"悲怆"这两个字，就买票进来了。她从老柴的作品中听到了失败与抗争，是那么美。听完她就觉得不应死，要活下去。1987年3月，在首都体育馆举行"交响乐之春"，我指挥800人的乐队演奏《一八一二序曲》。这个作品原来的结尾是沙皇的国歌，后来由瓦西兰科用格林卡歌剧中的《光荣颂》略改后予以取代。西方国家大多是照原样演，去年苏联广播乐团的演出也是照原样演。我们请示对外友协后，按改本演出。

柴可夫斯基的作品，旋律性很强，表达的内容比较容易理解，如同看契诃夫、果戈理、托尔斯泰、屠格涅夫的作品。

柴可夫斯基国际音乐比赛，第一届（1958年）刘诗昆得钢琴第二名，第二届殷承宗钢琴第二名，那届的第一名是美国人，回美后受到夹道欢迎、总统接见。后来薛伟得过小提琴第二名，于吉星得过声乐第四名，孔祥东得过钢琴第六名……

那天，李德伦还感慨地说：中央乐团已走了一百三十多人，乐团走了五十人（另谋他业）。

那年，李德伦 73 岁。花白的头发、脸上大片的老人斑，是我第一次近距离地接触他后留下的最深印象。

交响乐的土洋之争

1946 年初，在陕北高原，诞生了延安中央管弦乐团，李德伦从上海经南京辗转来到延安后，担任了乐团的指挥兼教员。那几年里，他指挥这支起点不高的乐团演奏得最多的曲目，是贺绿汀的《晚会》《森吉德玛》和莫扎特的《小夜曲》，他将前两首曲目和贺绿汀的《胜利进行曲》谑称为"爆三样"。1948 年，乐团与晋冀鲁豫人民文工团合并，成立了华北人民文工团。年底接到接管北平的通知。乐团在清华大学演出时，引起很大的震动，学生们没料到土八路演奏的解放区的民歌那么优美，更没想到还能演奏莫扎特的乐曲。中华人民共和国成立初期，这支乐队几经调整，最终成为歌剧院乐队。李德伦想排练高水平的音乐节目、搞定期音乐会的愿望还没实现，就被派到苏联留学去了，那是 1953 年。所幸，他去的是苏联最好的音乐学院，得到了最好的乐队指挥教授的指点，见识了许多世界著名的乐团和指挥的艺术，也亲自指挥了苏联二十多个乐团的演出。1957 年回国时的李德伦，可谓踌躇满志。但最初几年里真正指挥的外国交响乐作品，似乎也只有柴科夫斯基的《第六交响曲》这么一部。

1963 年，全国倡导民族化，在一个音乐舞蹈门类的会上，提出的是这样的主张：只有民族的才是国家需要的，要让民族的去打头阵。贝多芬就是资产阶级，交响乐都是资产阶级思想。还提出：以后搞"洋"的和搞"土"的不能坐在一起，不能平起平坐。民族在先，"洋"的在后。

那次会上，李德伦被排在"崇洋"之列，但也允许发表自己的观点。他的发言很直率。他说：不能平起平坐？以后再开会，你们都坐着，我可以站着，或者坐地下，有空座位我再去坐。但是，你不能不让我革命，你不能做假洋鬼子，不许我革命。我们

用外国乐器，也可以革命！

对方又提出：学"洋"的人本来是要革命的，但你们入了虎穴之后，就在老虎肚子里说话，不知道的还以为是老虎在说话，你变成老虎了！

李德伦反驳道：为了把外国先进技术学到手，虎穴还是要入的。只要有马列主义武装起来，老虎就吃不了你！

最后，周扬作总结。他说：谁说搞"洋"的和搞"土"的不能平起平坐？都是同志嘛，就是分工不同嘛，怎么会不能平起平坐呢？我现在说话的这个话筒不就是洋的吗？

多年后回忆往事，李德伦说：经过一番争论，终于打了一个平手。

1991年3月1日是元宵节，李德伦参加了党中央主办的文艺界座谈会，并被列为十位发言人之一。在他之前，依次发言的是夏衍、刘白羽、姚雪垠。作家姚雪垠说：我们中国人就要弘扬中国文化，有些外国东西，拿来咱们中国人也不喜欢也不懂，这东西咱就应该不要！

随即发言的是李德伦，他接着姚雪垠的话题，针锋相对地说：我干的这个交响乐，就是外国的，不是中国的，它也……也是比较难懂的，但是我觉得……

他的话还没说完，就被江泽民总书记接了过去：交响乐不是中国的民族文化，但是它是地球上人类所创造的最好的文化的瑰宝。我们作为地球上的人类，不仅应该接受，而且应该继承。现在，有的大城市还没有交响乐团，我觉得这就不好！

李德伦绝没想到能在这个会上听到这番话。那年，他已74岁，已持续十年在全国各地做交响乐的普及工作。此后，他到各地办讲座、辅导地方乐团的同时，又给自己增加了一个新任务，这就是：在没有交响乐团的城市，游说各级领导，为组建交响乐团创造条件。

李德伦先生临终之前，我帮助他整理文集《交响人生》时，和他接触很多。有一次，一见面他就问我：河南的宣传部长叫什么名字？我要给他写封信。河南还没有交响乐团呐！

万伯翱 ————

祖籍山东省东平县。多年来笔耕不辍，利用工作之余进行文学、影视、散文创作，如电影《三个少女和她的影子》，电视剧《少林将军许世友》《侠女十三妹除暴》，以他自己为原型的电视剧《大西北人》及根据他的散文改编的电视剧《贺帅钓鱼》等，受到了贺帅家人和文艺界的赞赏。他先后出版了散文集《三十春秋》《四十春秋》《元戎百姓共垂竿》《五十春秋》《六十春秋》等。其著作《元戎百姓共垂竿》《四十春秋》等被国家图书馆收藏。

一件灰呢大衣

去年12月初，中国作协第九次代表大会暨第十次全国文代会在北京召开。那一日，中央领导同志将在人民大会堂接见两会代表并作重要讲话。中国作协副主席、国家直属机关作家代表团负责人莫言郑重通知大家："不能迟到和早退。"我和男女老少的作家代表都异常兴奋，天刚亮就起床了，吃过早餐匆匆登上大轿车，车队浩浩荡荡直奔人民大会堂。代表团所住宾馆离人民大会堂本来就不远，又一路绿灯，竟提前一个多小时抵达天安门广场。

　　一下车顿觉寒风阵阵，击脸袭身。出发时没觉这么冷，没穿大衣戴围巾，内穿一件薄羊毛衫外加单布夹克，即便是老当益壮，也会感到浑身上下冷透了，忙戴口罩和紧裹衣衫，快步奔向会场。我这举动被一起步入会场的大作家梁晓声看到了："万大哥您穿得太单薄了，冷呢！"我看到他穿着立领灰色短大衣，身材修长却精神饱满，忙说："凑合着吧！没穿大衣，不知今天这么冷！"只见他迅速脱下大衣不顾我的阻挡披在了我的身上。进了人民大会堂，他又拒绝我交还大衣。离会议开始还有时间，我们聊了不少有关文学创作的话题，我顺口背诵了他前两年出席我的——周总理表扬笔者下乡50周年座谈会时他给我写的题词："与农民共甘苦，向土地祭青春，敢言无愧。锄镰十余年，忧国思亲。敬编业从心，侍文林而归愿，可谓膜拜汉字，大半生躬身耕耘，口碑成传，乃浮世正果。"他两眼放光哈哈一笑："唉！练练字而已，你真细心，至今记忆清晰！"正说着他遇见了中国作协领导和文艺界朋友们，就迎上去说话，我去饮水处排队取热水，再回首找不到他了。会场响铃急，各奔席位，茫茫几千号人的大会堂里根本找不着梁晓声了。

　　会议结束时人流车流霎时散去，熙熙攘攘也寻不见他踪影，坐在行驶在长安街上的大巴车上，我摸着这呢大衣，顿感暖流涌奔：晓声是故意不和我见面，他是要让我一直暖和着回到首都宾馆。

　　我吃过午饭，已穿上了我的蓝色过膝羊绒长大衣，右手搭上晓声的灰色短大衣去找他，让它"完璧归赵"。终于又见晓声，只是他略显羸弱咳嗽，虽然他不吸烟不喝酒，但"爬格子"过度劳神，伤损了他原本不强壮的身子。我们双手紧握，老哥俩情深意切。通过这件大衣，让我又想起这位来自关东的汉子，不仅著有知青系列大作《今夜有暴风雪》《雪城》《年轮》《恩师难忘》等共约400万字长篇小说、200万字的中短篇小说，还有几百万字的杂文和脍炙人口的影视作品，真可谓洋洋洒洒、蔚为壮观。他的人品也是一流的，怪不得他曾被评为全国"师德标兵"呢！

绝响

JUE
XIANG

丁　玲：风雨中忆萧红

浩　然：衣扣

高　莽：大雁飞向远天

（文字统筹／朱小平）

绝响

丁　玲 ——————————

现代女作家。原名蒋伟，字冰之，又名蒋炜、蒋玮、
丁冰之。笔名彬芷、从喧等。湖南临澧人。丁玲一生
著作丰富，有些作品被译成多种文字，在世界各国流
传，产生了广泛的影响。有《丁玲文集》五卷。

风雨中忆萧红

　　本来就没有什么地方可去，一下雨便更觉得闷在窑洞里的
日子太长。要是有更大的风雨也好，要是有更汹涌的河水也好，
可是仿佛要来一阵骇人的风雨似的那么一块肮脏的云成天盖在头
上，水声也是那么不断地哗啦哗啦在耳旁响，微微地下着一点看
不见的细雨，打湿了地面，那轻柔的柳絮和蒲公英都飘舞不起而
沾在泥土上了。这会使人有遐想，想到随风而倒的桃李，在风雨
中更迅速进出的苞芽。即使是很小的风雨或浪潮，都更能显出百
物的凋谢和生长，丑陋或美丽。

　　世界上什么是最可怕的呢？决不是艰难险阻，决不是洪水猛

兽，也决不是荒凉寂寞。而难于忍耐的却是阴沉和絮聒；人的伟大也不是乘风而起，青云直上，也不只是能抵抗横逆之来，而是能在阴霾的气压下，打开局面，指示光明。

时代已经非复少年时代了，谁还有悠闲的心情在闷人的风雨中煮酒烹茶与琴诗为侣呢？或者是温习着一些细腻的情致，重读着那些曾经被迷醉过被感动过的小说，或者低回冥思那些天涯的故人？流着一点温柔的泪，那些天真、那些纯洁、那些无疵的赤子之心，那些轻微的感伤，那些精神上的享受都飞逝了，早已飞逝得找不到影子了。这个飞逝得很好，但现在是什么呢？是听着不断的水的絮聒，看着脏布也似的云块，痛感着阴霾，连寂寞的宁静也没有，然而却需要阿底拉斯的力背负着宇宙的时代所给予的创伤，毫不动摇地存在着，存在便是一种大声疾呼，便是一种骄傲，便是给絮聒以回答。

然而我决不会麻木的，我的头成天膨胀着要爆炸，它装得太多，需要呕吐。于是我写着，在白天，在夜晚，有关节炎的手臂因为放在桌子上太久而疼痛，患沙眼的眼睛因为在微小的灯光下而模糊。但幸好并没有激动，也没有感慨，我不缺乏冷静，而且很富有宽恕，我很愉快，因为我感到我身体内有东西在冲撞；它支持了我的疲倦，它使我会看到将来，它使我跨过现在，它会使我更冷静，它包括了真理和智慧，它是我生命中的力量，比少年时代的那种无愁的青春更可爱啊！

但我仍会想起天涯的故人的，那些死去的或是正受着难的。前天我想起了雪峰，在我的知友中他是最没有自己的了。他工作着，他一切为了党，他受埋怨过，然而他没有感伤，他对名誉和地位是那样地无睹，那样不会趋炎附势、培植党羽、装腔作势、投机取巧。昨天我又苦苦地想起秋白，在政治生活中过了那么久，却还不能彻底地变更自己，他那种二重的生活使他在临死时还不能免于有所申诉。我常常责怪他申诉的"多余"，然而当我去体味他内心的战斗历史时，却也不能不感动，哪怕那在整体中，是很渺小的。今天我想起了刚逝世不久的萧红，明天，我也许会想到更多的谁，人人都与这社会有关系，因为这社会我更不能忘怀

于一切了。

萧红和我认识的时候，是在一九三八年春初。那时山西还很冷，很久生活在军旅之中，习惯于粗犷的我，骤睹着她的苍白的脸，紧紧闭着的嘴唇，敏捷的动作和神经质的笑声，使我觉得很特别，而唤起许多回忆，但她的说话是很自然而真率的。我很奇怪作为一个作家的她，为什么会那样少于世故，大概女人都容易保有纯洁和幻想，或者也就同时显得有些稚嫩和软弱的缘故吧。但我们都很亲切，彼此并不感觉到有什么孤僻的性格。我们尽情地在一块儿唱歌，每夜谈到很晚才睡觉。当然我们之中在思想上、在感情上、在性格上都不是没有差异，然而彼此都能理解，并不会因为不同意见或不同嗜好而争吵，而揶揄。接着是她随同我们一道去西安，我们在西安住完了一个春天。我们痛饮过，我们也同度过风雨之夕，我们也互相倾诉。然而现在想来，我们谈得是多么地少啊！我们似乎从没有一次谈到过自己，尤其是我。然而我却以为她从没有一句话是失去了自己的，因为我们实在都太真实，太爱在朋友的面前赤裸自己的精神，因为我们又实在觉得是很亲近的。但我仍会觉得我们是谈得太少的，因为，像这样的能无妨嫌、无拘束、不须警惕着谈话的对手是太少了啊！

那时候我很希望她能来延安，平静地住一时期之后而致全力于著作。抗战开始后，短时期的劳累奔波似乎使她感到不知在什么地方能安排生活。她或许比我适于幽美平静。延安虽不够作为一个写作的百年长计之处，然在抗战中，的确可以使一个人少顾虑于日常琐碎，而策划于较远大的。并且这里有一种朝气，或者会使她能更健康些。但萧红却南去了。至今我还很后悔那时我对于她生活方式所参与的意见是太少了，这或许由于我们相交太浅，和我的生活方式离她太远的缘故，徒劳的热情虽然常常于事无补，然在个人仍可得到一种心安。

我们分手后，就没有通过一封信。端木曾来过几次信，在最后的一封信上（香港失陷约一星期前收到）告诉我，萧红因病始由皇后医院迁出。不知为什么我就有一种预感，觉得有种可怕的东西会来似的。有一次我同白朗说："萧红决不会长寿的。"当我说这话的时候，我是曾把眼睛扫遍了中国我所认识的或知道的女性朋友，而感到一种无言的寂寞。能够耐苦的，不依赖于别的力量，有才智、有气节而从事于写作的女友，是如此其寥寥啊！

不幸的是我的杞忧竟成了现实，当我昂头望着天的那边，或低头细数脚底的泥沙，我都不能压制我丧失一个真实的同伴的叹息。在这样的世界中生活下去，多一个真实的同伴，便多一分力量，我们的责任还不只在于打开局面，指示光明，而且还要创造光明和美丽；人的灵魂假如只能拘泥于个体的褊狭之中，便只能陶醉于自我的小小成就。我们要使所有的人都能有崇高的享受，和为这享受而做出伟大牺牲。

生在现在的这世界上，要顽强地活着，给整个事业添一分力量，而死，对人对己都是莫大的损失。因为这世界上有的是戮尸的遗法，从此你的话语和文学将更被歪曲，被侮辱；听说连未死的胡风都有人证明他是汉奸，那么对于已死的人，当然更不必贿买这种无耻的人证了。鲁迅先生的《阿Q正传》曾被那批御用文人歪曲地诠释，那么《生死场》的命运也就难免于这种灾难。在活着的时候，你不能不被逼走到香港；死去，却还有各种污蔑在等着，而你还不会知道；那些与你一起的脱险回国的朋友们还将有被监视和被处分的前途。我完全不懂得到底要把这批人逼到什么地方才算够？猫在吃老鼠之前，必先玩弄它以娱乐自己的得意。这种残酷是比一切屠戮都更恶毒，更需要毁灭的。

只要我活着，朋友的死耗一定将陆续地压住我沉闷的呼吸。尤其是在这风雨的日子里，我会更感到我的重荷。我的工作已经够消磨我的一生，何况再加上你们的屈死，和你们未完的事业，但我一定可以支持下去的。我要借这风雨，寄语你们，死去的，未死的朋友们，我将压榨我生命所有的余剩，为着你们的安慰和光荣。哪怕就仅仅为着你们也好，因为你们是受苦难的劳动者，你们的理想就是真理。

风雨已停，朦胧的月亮浮在西边的山头上，明天将有一个晴天。我为着明天的胜利而微笑，为着永生而休息。我吹熄了灯，平静地躺到床上。

绝响

悼念萧红的绝响

王增如

　　丁玲最好的散文都是怀人之作，怀念瞿秋白、冯雪峰、博古，怀念萧红。

　　写于 1942 年 4 月 25 日的《风雨中忆萧红》，是丁玲延安时期最出色的散文，也是延安时期最后一篇无所顾忌直抒胸臆的文章，她借忆萧红为名，抒发自己的心境，袒露了不被理解而又无处诉说的苦闷。那年 3 月 8 日丁玲写了《"三八节"有感》，引起一些高级干部不满，受到批评，丁玲感到委屈，一个多月后写的《风雨中忆萧红》，内核就是"不被理解"，或者说是"遭受误解"。丁玲写这篇文章是借"忆萧红"来"抒己怀"。

　　萧红 1942 年 1 月在香港病逝，直到 4 月 8 日延安《解放日报》才登出萧红病逝的消息。萧红的不幸命运引得丁玲惺惺相惜，其实她与萧红并无深交，只是 1938 年在西安一起住了一个多月，分手后没有通过信。两人的性格气质差别很大，丁玲 1982 年 4 月和北京语言学院留学生谈话时说："她对生活很敏感"，但是"她这个人政治性太少，和革命老离得远远的"。她想起了萧红的"少于世故",感叹"像这样的能无妨嫌、无拘束、不须警惕着谈话的对手是太少了啊"!

从萧红又一下子跳到雪峰,"他受埋怨过,然而他没有感伤,他对名誉和地位是那样地无睹";从雪峰,"又苦苦地想起秋白",他"在政治生活中过了那么久,却还不能彻底地变更自己,他那种二重的生活使他在临死还不能免于有所申诉。我常常责怪他申诉的'多余',然而当我去体味他内心的战斗历史时,却也不能不感动,哪怕那在整体中,是很渺小的"。

雪峰和秋白是丁玲的两位异性知己,都是老资格共产党人,又都是不如意的共产党人,"在政治生活中过了那么久,却还不能彻底地变更自己",丁玲也是在说自己。

《风雨中忆萧红》,关键在"风雨"二字,这是丁玲对于现实的感受。

《风雨中忆萧红》和《"三八节"有感》一样,直到1980年11月,才第一次收入人民文学出版社的《丁玲散文集》。

鲁迅在20世纪30年代评价萧红"是当今中国最有前途的女作家,很可能成为丁玲的后继者",可惜英年早逝。《风雨中忆萧红》无疑成为悼念萧红的绝响,也是有良知的作家的心声。

王增如,1950年生于北京。1968年上山下乡到北大荒,在黑龙江垦区工作十四年。1982年调入中国作家协会,任丁玲同志秘书。后在中国现代文学馆、作家出版社、《作家文摘》报社工作。编审。2010年退休。著有长篇传记文学《剪柳春风——丁玲的故事》《无奈的涅槃——丁玲最后的日子》《丁玲办〈中国〉》,编辑《左右说丁玲》等。与李向东合著《丁陈反党集团冤案始末》《丁玲年谱长编》《丁玲传》以及《中国1968——上山下乡》等。

浩　然

本名梁金广。中国著名作家。曾出版著作80余种，作品曾在广播电台连播，被改编绘制成连环画出版发行。其作品记录了中国农村的历史风貌，塑造了一系列富有乡土气息、时代特征及个性鲜明的人物形象，影响和感染众多读者，尤其是其《艳阳天》《金光大道》出版后，几乎家喻户晓。

衣扣

漆黑的夜晚，刮着凉嗖嗖的风。

她串门子回到家，摸索着插上堂屋的门，把抱着的孩子放卧在炕上，这才拉开电灯，铺展被褥，又忙到堂屋，用盆子里的剩水潦草地洗把脸，打个哈欠，要回东屋睡觉。就在扭身拉住小细绳子准备熄灭电灯的时候，不经意地朝西屋瞥一眼，竟使她不禁吃了一惊：在堂屋投进去的一缕灯光照射下，那扇敞开着靠墙的门板下端，露出两只男人大脚的脚尖。

她心惊胆战地想：有贼，是我不在家那会儿钻进屋子，听到有人回来，就藏在门旮旯儿，让我给关在屋子里了。……随后，她几乎下意识地不声不响地退到睡觉用的东屋，倚着炕沿儿，强压住惊慌，盘算怎么对待这突然降临的事情。

这个偏僻的靠山村庄，村风极好，人性老实规矩，所以多少年来都是平平安安的。可惜，最近两个月里，也变得跟邻近的城镇那样有点儿乱：连续着发生了几桩盗窃抢劫的案子，不是这家丢了驴，就是那家丢了羊；一个年纪不很小的光棍汉连攒带借凑了一笔彩礼钱，黑夜走趟亲戚，存放在抽屉里的钱就全部被贼偷走，结果把那桩挺美满的婚姻给拆散了；一个没儿没女的绝户老头，瘫在炕上不能动，大白天钻进一个蒙面的人，把他刚从政府那儿领来的一笔扶贫救济款全部给抢走，害得老人绝望地喝"敌敌畏"自杀了……

她惶惶地想：如今贼钻到我家，让我给关在屋里，说不定他已经偷走了我放在柜子里的钱包，装进了他那肮脏的衣兜里；如果放跑了他，肯定还会再去糟害别的人家；要是扑过去捉拿，自己这么个带孩子的妇女，准不是一个野蛮男人的对手；如果喊叫起来，惊动了他，他会逃跑，附近也不会有谁来帮助阻截追赶。

这山坡子地方，就是不如大道边娘家那儿好。那个村子虽然只有几十户人家，可是住得集中，都是门挨门、脊连脊的；谁家有啥事儿，一步就到，隔着墙头也能传送消息、互通有无。哪像这个庄子，虽说是一百多户的大村，却是东沟住几家，西坡住几户，分散在方圆几里的地盘上。特别孤单的是她这个家，在野山沟的沟口，四面无靠的独一个小院子；每次到西坡小杂货铺打点油盐酱醋，看看电视节目，来回都得跑三四里路。今儿晚上，那个电视剧很热闹，可惜怀里的孩子闹困，恐怕睡着了再往回抱受凉得病，她只好收住心，从一屋子热热闹闹的人群里独自转回家来。要说真算幸运，早一步返回家，东西没被偷走，可恨的贼还被堵在屋里！

她想，既然已经把贼堵在屋里了，就不能让他逃脱。她小时候上过学，长大了跑过外，她比一般的农村妇女能干有心计，她会动脑筋想办法，决不让该死的贼占着便宜。

最后她终于把主意打定，果断地摇醒孩子，在孩子的哭闹撒娇中间，她故意大声嚷叫："咋啦？咋啦？肚子又疼？还拉屎？别哭，别哭，我带你到院子里去拉！……"她这样虚张声势地做着戏，抱起用小毯子裹严的孩子，急忙出了东屋，拉亮一盏做饭照明用的电灯；打开堂屋的门，迈出门槛儿，随手轻轻搭上钌铞儿。

明亮的灯光，从窗户的玻璃上流泻出来，把不小的院子也照得明亮，能看清一切东西。

她搂着孩子，坐在堵着堂屋门口的台阶上，轻轻拍打孩子的小肩头，嘴上像唱催眠曲那样叨念，"拉呀，使劲儿拉呀！……"耳朵却特别留神地听着院墙以外的动静。

院墙外边是一条打柴割草人进出山沟的弯弯曲曲的石子小路，通连着东边有村公所办公室的几户人家，也通连着西边有小杂货铺的几户人家。一群年轻力壮、又都心眼儿好的男子汉们，这会儿正在西坡小杂货铺的大屋子里聊天看电视节目；等不了多久，就会散场回家，必然经过这里，那会儿她的巧妙安排就成功了。

院墙里新栽的树木还很弱小，没有滋权。院墙外路边的大白杨倒是挺高的，看不见它的形状姿态，只有模糊的轮廓呈现在黑茫茫的天际。一阵阵的秋风不紧不慢地刮过，留下一种做水泥活筛细沙土那样的回声；在掠过树梢的时候，带下几片熟透了的叶子，跌落在地上，挣扎着滑溜到墙根儿，不安地抖动几下，就销声匿迹了。

她焦灼不安地等待着，脑子里不禁前思后想。

她是那类有主见又能干、舍得花心血出苦力的女人。这所宅院这个家，如果没有她这样一个女主人，是不能"发"到这种富足地步的。哥儿仨，男人最小，也是最没有"抓钱"本事的。大嫂子的娘家是开山卖石头的东家。二嫂子的娘家是养车跑运输的老板。分家的时候，当乡干部的大哥、当中学教师的二哥都低三下四地求老丈人、小舅子借钱，翻盖了体面的宅院。她极力主张先忍耐着不盖。把分到手的一间半祖产土屋的门板一锁，就拉上男人到县城找施工队当小工，男人搬砖，她铲泥；男人学砌墙，她学油漆。如今农村的男女青年，一成亲就惦着生孩子，不顾脸不顾命地争取多生超标。她打定主意，不忙着要孩子。婚后五年间，偷偷地在没熟人的医院打过三次胎；直到把钱挣多了、攒足了，才动工盖新房，盖上房子才生孩子。大嫂子生仨，二嫂子生了俩，她生下这个男孩儿，就让男人带着她到北京大医院做了绝育手术。去年还从乡里得了一块"勤劳致富"的光荣牌子。……挺可心哪！挺露脸哪！乡亲夸奖，男人佩服，就是一点没算计到：原来旧宅子有地方，她嫌窄小，想比两个哥哥住得宽敞、阔气，又躲开妯娌之间那些鸡刨狗斗的烦恼事儿；请村干部，拜乡干部，偷偷摸摸送"红包"，最后终于得了这块又宽大又平整的新房基地，修造起这座新宅院。要是不动这份逞强的心，跟哥嫂挨着房子住，就是做贼的进了屋，也不至于闹出这么一场抓不能抓、放不能放、进退两为难的事儿呀！

天空像凝固的油漆一样又黑又静，秋风像病在炕上的老人喘气那样无声无息地吹刮。男人外出不在家，身边能给她作伴儿的就怀里这个不懂事的孩子，离着邻居太远，等过路人又不见来，真急人呀！

她继续轻轻拍打怀抱的孩子，又一次躁躁地冲着熟睡的孩子嚷嚷："快拉呀！怎么这么难拉呀！……"

这句做戏的话还没嚷完，就听到一串脚踩小石头子和说笑声由远而近地传过来。

她的心里好似突然打起了闪电，两腿如同崩开弹簧，倏地站起身，使出胸腔的全部力气，把喉咙扯开最大程度，冲着响起脚步和笑声的方向连声高喊："嗨，捉贼呀！捉贼呀！嗨，捉贼呀！捉贼呀！"随即，她两眼紧盯着灯光里的房屋和门窗，倒退着两只脚，奔向院门。

门外小路上那些看完电视、说笑着准备回家睡觉去的邻人们，受到这喊声的惊动，不约而同地扑向院子，随着里面打开门板，勇猛地一拥而入。

有几十条高大汉子，有几个抱孩子的妇女，还有年纪大的和个子小的。看不清他们的面孔和表情，从他们身体行动带进来的那种紧张气氛估计，一个个都是格外的惊奇、特别的兴奋：

"贼在哪儿？"

"贼在哪儿？"

她如同冲锋临阵的勇士，带头冲回堂屋门前，这才回答众人急切的询问："让我把他关在屋了！"

从前当过村治保主任、以后变成赌徒而被一撸到底的黑大个子，一把将她拉过来："先别开门，小心他趁机逃跑！"

随后他又朝众人调兵遣将："你们俩去把住大门；你们俩盯住窗户；你，还有你，看着三面的墙；你们几个机灵的，跟我进屋抓活的；老娘儿们、小孩子全靠边儿！"

人们四下散开，精壮男人四下寻找到能当武器用的各种木棍和农具，便雄赳赳地各就各位，严阵以待。

这秋夜浓重的农家宅院，百年难逢的特殊时刻，气氛格外紧张，而且既庄严又肃穆。

一切就绪，她这才在黑大个子的示意之下，上前去摘下门钉锔，猛一把打开两扇门。

黑大个子率兵冲进堂屋，大吼一声："做贼的坏蛋，滚出来！滚出来！要不然我敲碎你狗 × 的脑袋！"

声音正义因而洪亮，震得这新装修的屋子嗡嗡作响。却没有人回答，也没有纹丝的动静。

打手们都站在锅台前边的大水缸周围，棍棒、锄头、铁锹一齐举着，十几只眼睛机警地四下巡视着。

黑大个子也左顾右盼地向她叮问："你在哪儿发现那贼的？"

她伸手一指："就在西屋的门后边。"

话音一落，黑大个子抬起大脚，使出全身的力气，朝那面靠墙开着的独扇门踹下去。

在"砰"的一声巨响之中，门旮旯藏着的蠢贼不被撞得脑袋开花，也会折胳膊断腿。

她从声音中听出那一脚踹空，很有胆量地跨进门槛儿，拉开一直没开的那只电灯，咬牙切齿地冲着空屋子喝道："嗨，做贼的，你狼心狗肺，不是人养的王八羔子大坏蛋，还不乖乖地出来，进公安局、蹲大狱去？哼，你也不打听打听，我是啥人，敢来偷我？瞎了你的狗眼，这回我要让你跑喽，我就改姓；不把你小子整出大粪来，我就誓不为人！滚出来吧！"

门扇的后边，墙上挂着一缕准备过年给孩子包粽子用的干马莲草，地下摆着一双男人离家出门那天脱下的一双刨花生穿过的鞋。距离远一点的地方，立戳着多半袋子大米口袋。除这以外，别的东西一无所有，更没有贼的踪影。她又回到东屋，打开柜子，翻翻所有贵重的东西，全都原封未动。这说明就是进来贼也没等下手就被发现了。但她仍坚持有贼："我明明看见门后边有两只脚，决不是我们孩子爸爸穿过的这双鞋，这双鞋好像没有放在这儿……"

黑大个子见她这样的不死心，转身发令："搜，挖地三尺地搜！"

其实勇士们士气更旺盛，捉贼心更切，已经不再等谁吩咐就到东西两间屋子和中间的堂屋认真地搜查起来。一遍又一遍地搜查。

妇女们胆子也渐渐地大起来，挤进屋里帮助找贼。她们甚至仔细地打开箱子、挪开桌子、拉开抽屉，还一个一个地拿开放在板柜上的酒瓶子和盛着煮好的花生的盆子。

她跟在众人后边找贼，特别觉得奇怪地嘟囔："我那会儿明明看见了他，两只脚儿清清楚楚的。这屋子前边的门窗没开没动，后边根本就没留门，后窗户用坯封着，难道他钻进地里、飞到天上？……"她面向众人，"求求乡亲爷儿们，再受点儿累，再搜查搜查，一定不能让做贼的害人精再糟践别人去！决不让他狗杂种逃掉呀！"

黑大个子振作精神，又带领显然泄了气的将士们到院子的犄角旮旯、劈柴垛、干草堆通通搜了个遍，结果仍然一无所获返回屋里。他消除紧张，轻松地笑着问她："你再仔细想想，到底看见什么了，把你惊吓成这个样子？是不是没看清就喊人呼救了？"

到了这种地步，她仍然确认不疑："我真真切切地看见西屋门旮旯藏着个人。为稳住那个贼，不让他逃脱，我没有立刻就喊叫，我使了个计策……"

旁边有人搭话："你把你家孩子爸爸的两只鞋错当成人，快别自起矛盾了。"

几个抱孩子的善意地揶揄她：

"准是有谁看上你这个心灵手巧、细皮嫩肉的美人儿，来家等你约会吧？"

"就是，你乱喊叫个啥，不冷不热的好季节，被窝搂一个跟你做伴儿的，不比独自守空房睡觉美呀？"

好几个人"轰"的一声笑出来。

她强笑笑，张着巴掌打那几个多嘴胡扯的女人。同时她又怪不好意思地把仍在熟睡的孩子抱进东屋，重新卧下、盖严；随即赶紧给乡邻们拿烟、抓煮好的花生，一连声地朝着被她闹了一场虚惊的人感谢和道歉："真对不起。麻烦了，让你们受累，耽误各位休息……"

黑大个子带头宽慰她："没什么，没什么，还是警惕性高点儿比麻痹大意好。不早了，该歇了……哎，要不留一个人跟你作伴儿吧……"

她故作轻松地连忙谢绝："不用，不用，我可不是那种胆子像酒盅那么小的人。"

黑大个子很实在地说："我留下给你打更吧……"

他的话一出口，众人又"轰"的一声笑了。

黑大个子冲着发笑的人粗脖涨脸地喊道："笑什么？我说的是真话。他们娘儿俩屋里睡，插上门，我在院子里站岗，怕什么？再说我们这位弟妹是走南闯北见过世面的人，没你们那个封建脑瓜子！"

她也认真地说："就在屋里待着也没关系，好人总是好人，我不在乎。"

黑大个子听到这句话，不由得看她一眼，可是没再吭声。

众人抽了，吃了，说了，笑了，就相互传染似的打起哈欠。于是妇女们带头先告辞回家。

她一边朝外相送，一边重复道谢和道歉的话。

黑大个子走在最后边。当最后一个人迈出大门的时候，他停住，黑暗中很激动、很慌乱地摸到她的手，紧紧地握住，小声说："你真是个了不起的妇女，从头几年我就佩服你、重看你，今儿这事儿更让我动心动肝的……要不是怕再挨处分，丢了党票，我今儿黑夜真不走了……唉，人的嘴可怕呀！"

此时此景，她对黑大个子的举动没有一点儿反感。不知道这是为什么。换个时间换个人这样对她要轻薄，她会立即给他一个大耳光，泼口骂他"臭流氓"。此时，她既没打也没骂，甚至被攥着的手都只是轻轻抽出来，扶着门框，同样轻轻地说："你快走吧……"

黑大个子说声"好"，就迈着有力的脚步走出门儿。

她关了门扇，上紧门闩，感到心跳得有点儿快，脸上也热乎乎的。她深深地爱着那个在外边给她们母子挣钱的男人，她不能做对不起老实男人的事儿。她觉得刚走开的黑大个子对她也是真情实意的爱。她可以不去爱黑大个子，可是却不忍心伤害黑大个子、寒碜黑大个子。以后来往的时候，警惕点儿、小心点儿就是了。

往回转，一见亮着灯光的窗户，就把刚才那一瞬间的思绪完全摆脱了。取代这个的是睡在炕上的孩子，还有那场虚惊后的一种让人别扭的心气。

夜越深就越黑，黑黑深夜灯光显得格外亮，亮得刺眼。离开这所小院子的脚步声和说笑声越来越远了，只留下树梢的呼哨、落叶的沙沙。

她关上堂屋门，把暗锁锁上，到西屋看看，熄了电灯；在堂屋瞧瞧，又熄了电灯。她最后回到东屋里，先给在香甜睡梦中的孩子掩掩被边儿，长长地舒口气，疲惫地坐在炕上，脑子里乱哄哄的。估计今儿闹这么一场虚惊，夜里一定得失眠，明天还有晒花生、封果树墕一大堆的活儿要做，睡不好觉有可能感冒发烧，再传染上孩子，更糟糕。没怀孩子那会儿，她得过一些日子失眠症，吃一小袋安定片就好了，再没犯过；剩下的几片，搬家的时候扔到废东西里扫了出去。孩子得过一回皮肤过敏病，卫生所给开了几粒扑尔敏，只吃了两半片。那种药也有安眠作用，今儿可以用它代替。

她这么想着，起身奔向板柜；一抬眼，瞧见了有她跟丈夫的那张"全家福"的合影照片在墙壁上反射着灯光，不由得停下来细细端详。

这是她跟男人结婚后的第一张也是唯一的一张合影。那天她送丈夫出门到镇子坐汽车的时候，在街头一块画在布上的"天安门"前拍照的。花那份目前不该花的钱，完全是为了哄男人高兴。新房子盖起，儿子抱上，男人就起了"小富即安"的想头，不愿意再抛家舍业地到外边过独身生活。她不厌其烦地开导男人：家里还应当有台电视机，不光为了解闷儿，主要为孩子懂事以后看一看，好多长长知识；孩子大了以后，一定要送他到县城念书，那边教育质量高，因而更需要花钱；跟着施工队盖高楼大厦，比在当地盖平房不仅挣钱多，主要能提高技术、增长本领，比端铁饭碗的人还有前程……这般如此一说服，男人答应去，就是还有点儿舍不得老婆、孩子、热炕头。她想了个主意：拍一个合影，留家一张，给男人随身带着一张，想媳妇想儿子的时候就看看……

可惜，照片只能看，不能说话，不能陪她做伴壮胆，不会跟她说说知心话，不会在今夜这样的情形下安慰安慰她这空荡荡、没着没落的心……

她摇摇头，把目光从照片移开，无目的地瞧着墙壁，忽然黑大个子的脸孔出现在脑海。

她跟黑大个子认识五六年，从来没有仔细看过一眼。一个正派女人要是盯着不是自己丈夫的男人看，那可成何体统？她认为也没有这种必要。所以那汉子在她的脑海里的形象是模糊的。奇怪的是，这时候一下子变模糊为清晰，不仅清晰，而且具体：高高的个头，宽宽的胸脯，粗壮的胳膊，石柱子一般的两条腿，浑身是劲，连声音都比一般男人高亢、洪亮。特别是那两道浓眉，两只亮眼，配上宽额头，鼓鼻梁，说笑时露出一口白晶晶的牙齿，真是黑俊黑俊的，如同一尊乌木的雕塑像……

她突发奇想：对，找他去，让他来给我们娘儿俩做伴儿。他能给我们娘儿俩解忧壮胆子。谁爱说闲话让他说去。他家离这儿最近，他那个又呆又笨的女人带着孩子去住娘家，我去找他，让他悄悄地来悄悄地走，不会有任何人知道！……

她这样想着，顺手从炕上抓过一件衣服，往肩上一披要动身，正巧孩子翻个身，小嘴一动一咧，笑了。这笑容，好像朝她喊一句"不能干那种不干净的事儿"，使她的心咯噔一下，立即浑身无力地坐在炕沿上：不行，不行啊。纸包不住火，没有不透风的墙，这种事儿传出去名声不好，男人知道了，准得生气吵架；再说，还有孩子，孩子长大成人了，娶了媳妇也不会瞧得起她这个名声不好的婆婆，一辈子还咋抬头呀！……

窗户紧闭着，没有透风的地方，却仿佛有一股寒气袭上心头。而她的嗓子眼儿却十分干燥。喝几口冷水倒能够败败心火。

她站起身走到堂屋，拉亮电灯瞧见挨着锅台的大水缸满满当当的清水，还有一个大葫芦锯成的水瓢扣放在水面上漂着。她想，喝了这种生凉水容易闹腹泻；独自一个人带着孩子过，可不能害病呀！

她退回屋，从暖水瓶倒了半玻璃杯热水，等水凉了再吃两片药，解解渴。

猛然间，堂屋"哗啦"一声怪响。

她一惊，敏捷地一回身迈出门槛子。

怪响从堂屋那个大水缸发出。在怪响的余音和缸里的翻动水波中，露出半截人的身子；一条裹着湿淋淋衣袖的胳膊抬起，摘下头上顶着的葫芦水瓢，随手往锅台上一扔，又"哗啦"一声跃出水缸；站到地上，一只手扶着缸沿儿，另一只手抓起板子上的一把切菜刀，一步蹿到她的面前。

这一连串的动作，是在几秒钟内完成的，如同电光雷闪，把她吓呆了；脑子里很快就打个转：是贼，准是在我呼喊抓贼的时候，他狡猾多端地跳进水缸里藏起来；用水瓢扣在头顶上，既可遮蔽人的眼目，又可以把嘴巴露水面之外不致憋死淹死。这套不一般的诡计，是早有蓄谋呢，还是临时的灵机一动想出来的呢？怪自己大意，刚才没仔细看看水缸，更没有留神想想，半缸水怎么变成满缸水！不管怎么样，这贼是个不容易对付的奸贼，必须格外小心。

贼从头顶到全身都往下淌着水，苍白的脸上，两只红火炭一样的眼睛死死地逼视着她，气势汹汹地从牙缝挤出声音，也是狠狠的："你快喊叫，抓贼！臭婊子，快喊哪！"

她紧盯着贼，嘴唇微微掀动几下，没让声音发出来。

贼冷笑一声："嘿，你这骚娘儿们，脑瓜还够灵的。知道喊也白喊，离着左右邻居居住得远，这会儿都睡觉了，是吧？你应当安个电话，带上个步话机。反正你嫁上个能给你挣钱的汉子。你能把你想干的事儿让他替你干成！美你去吧，浪娘儿们！"

她心里火火的，想对这样的污辱破口大骂，跟贼以牙还牙。她是会骂的，过去跟两个嫂子试过锋芒；更早的时候，她爸爸还活着，"革命造反派"揪她爸爸批斗，指着鼻子叫她"狗崽子"，她张嘴咬住那个人的手指头，直到那个"革命战士"跪在地下求饶，她才撒嘴。可是这会儿，她只是自己咬牙，没有吱声。

贼又冲她喊一声："进屋！……不许关电灯！让它亮亮地照着、瞧着，看我怎么跟你这个挨×的货报仇！"

她紧闭嘴唇，往里退去。

贼提着刀跟进来，吆喝她："靠墙站，不许动！敢动的话，哼！……"

她无奈地靠在墙壁上。这墙壁是由她搬砖，由男人垒砌的，后来，她拖着怀了孕的大肚子，自己剁麻刀，和白灰，自己动手抹上去的。这时候，她听到自己的心脏跳动，震得墙皮咚咚响。

那贼把刀叼在嘴上，倚着炕沿脱着浑身湿淋淋的衣服：甩掉鞋子，脱下上衣、背心，褪下单裤、棉毛裤，扒下裤衩——黑乎乎的阴毛连接着小肚子和胸脯子，更把一条白花花的肉身子衬托得难看、刺眼。

她赶紧闭上二目。

那贼把菜刀握在手上，另一只手把从自己身上脱下的东西一卷一团，喊一声："拿上，给我涮干净，点着火用锅爆干！"

她从地下拾起湿漉漉的衣物，直身的时候不由自主地朝炕上酣睡的孩子看一眼。

贼立刻发现她的动作，又喊："不许你弄醒那个小崽子！他要是看见我，哼！……"说着用手里的刀做个切东西的动作。

她打个寒战，赶紧低下头，走出东屋，拿过盆子，用大瓢舀上水，把又湿又脏的东西一件件地洗涮，同时心惊肉跳地暗想：这个贼是哪儿来的，爆干了衣裳以后还要干什么呢？她这样想着，不由自主地抬起头看一眼。

贼一直持刀站在一旁盯着她，眼睛跟她相对之后，立刻又暴怒地喝道："看什么？看我长得什么模样？认识吗？瞅准了，天明以后好去公安局报案是吧？你别做梦了！你办不到了！"

她赶紧垂下眼睛，把洗完的东西拧干，然后扯过柴火点着火，再把东西一件一件放在锅里爆。干柴无声地燃烧着，她默默地两手翻动着衣服，脑海里更像在疾风暴雨中翻波滚浪，越琢磨越觉得这个贼有点面熟，起码不是外地人，只是慌乱中想不准。她先用热了的锅爆棉毛裤，没等全干，又爆制服单裤；棉毛裤是蓝色的；制服裤似干不干的时候，也能辨出颜色，是一条绿色军裤……

从军裤她联想起刚才看到的脸孔，面熟的感觉更清晰了——对，对，是他，在镇子上见过，而且见过不止一次，只是没有说过话，不知道他住在哪儿、姓什么、叫什么。

她还依稀记得，这贼原来干过照相的行业，当过兵；当兵的时候放电影，学会的照相。那年她到镇子上送男人坐公共汽车进北京去挣钱，就是让这贼给照的合影，贼就是穿着一身绿色的新军装。当时有个很漂亮的姑娘陪着这贼，那姑娘跟一个也来照相的老太太是亲戚，跟老太太夸这贼怎么脑瓜聪明好使、怎么心眼儿活能挣钱，这就给她脑海留下这贼曾经"当过兵"和"放过电影"的印象。第二年炎热的三伏天，她到镇子上取男人汇来的一笔款，在邮局门前的农贸市场上，好多人围着一辆破旧的卡车，还有一个卖海货的。卖海货的人就是这贼，他穿着已经旧了的绿军装。围观的人很多，只看不买，卖海货的青年大喊大叫，嗓子都哑了。一个从人圈里挤出来的老头子告诉另一个老头子：这年头年轻人财迷心窍，不顾一切地往钱眼儿里钻，总想当暴发户。这小伙子借了一万块钱的贷款，雇车从好几百里远的海边上拉了一汽车海货，天热，半路就都臭了，这回得赔个精眼儿毛光……

今年的清明节，她抱着孩子到镇子卫生所看皮肤过敏病，在大门口的小河边，见到一个身穿破烂绿军装的青年人，又是这贼，这贼正追赶一位装束时髦、花枝招展的女子（也许就是帮助贼开票照相的那个姑娘，可惜记不清了）。这贼追上女子之后，一边说好话，一边围着转圈子；离得远，听不清说些什么，只听准最后这贼喊叫一句："你要是真想嫁给我，就该再等我一年，我会时来运转的，我能挣钱……"

那贼突然朝她喊叫一声："别磨蹭，快着点儿！"

喊声把她的思路打断，她慌乱地加快动作；弯腰往灶膛里添点柴草，再把那件军上衣抖搂开，慢慢地放在热锅上爆……

那贼不耐烦地跺着脚，奔上前，一手提刀，一手伸到锅里摸摸，说道："行了，都拿进屋去！"

她赶忙把那件破烂的衣服翻了翻，挺仔细地把皱巴的地方抻了抻，揪一揪，拉拉平，随后从缸里舀半瓢水泼在仍在燃烧的柴草上，在爆起的一团烟雾中，她把爆干的衣服团在一起，顺手扔下水瓢，在贼的监视下走回东屋。

贼哼了一声，没接她递过来的已经爆得半干的衣服，瞪起眼睛下命令似的大声说："把东西都放在炕上。该给我拿钱了！"

她顺从地打开柜子，把那包准备买电视机的钱拿出来，不声不响地放在炕边那团衣服跟前。

贼吼一声："再拿，把你的钱统统都拿出来！"

她回转身把柜盖揭开，把柜子里的东西一包包、一件件地往外掏，掏出来就随手往地下扔，连小孩子的一双虎头棉鞋也抓起来，狠狠地往地下一丢，滚到了柜子底下。接着拉开桌子的抽屉，又扬开被垛，然后气呼呼地退到一边，盯着贼不言不语，那意思告诉贼：你就撒开翻吧！

贼走到柜子跟前，伸进手去，在空了的柜子底下挺随便地划拉几下，就踩着满地破烂东西，回到原位，依然怒冲冲地开口说："臭娘儿们，听着。我本来打算到你这儿弄一点粮食吃。我眼看你驮着大米从镇子回来的。因为我需要大米。没想到你这样恶毒，这么对待我。你把我变成贼！你要让我在公安局挂一号！

你要毁掉我的一切一切！你好黑心呀！你好狠呀！难怪古人都说最毒莫过妇人心哪！这回我算把你们女的从里到外、从皮到瓤全看透了！"

她一声不发。她没对贼讲什么理。

贼又大声指使她说："拿酒来，高度的、烈性的，快！还有菜。要现成的。快！"

她从柜子上拿过男人探家那回打开盖儿只喝了一点的一瓶燕潮酩，顺手端起给孩子准备的、邻人们尝过的煮花生，一齐放在炕上。

贼叫她："过来，站在我对面，看着我。"待她走近前时，贼用牙齿咬开瓶子盖，把瓶子一撅底儿，一扬脖儿，咕嘟咕嘟，一口气喝下去半瓶子；放下瓶子，拿起菜刀，用另一只手拣起一粒花生，捏开口儿，扔在嘴里，用舌头找到花生仁，吐出皮儿，再嚼咽下去，瓶子又撅一回底儿，咕嘟嘟，又喝下好深一截儿。随着喝与吃，贼的脸红了，脖子红了，两只眼睛更红了。贼用血红血红的眼睛看着她，哼了两声，像对她，又像自言自语："臭娘儿们，有什么了不起？怎么就这么了不起？啊，真他妈的叫人弄不明白！"叭地把菜刀在炕上一拍，吼一声："把衣服脱掉！把衣服脱掉！让我看看到底有什么了不起！听见没有！说你哪，臭娘儿们！"

她打个沉，浑身哆嗦着走到柜子跟前，端起她放凉的那杯水，拿过盛扑尔敏的小纸袋。

贼举起刀向前逼一步，"你要干什么？"

她不回答，直奔炕的另一端，扳起儿子的头："醒醒，吃片肚子疼药！"

贼蹿过来："你又使什么鬼？你……"

没容贼夺走，她把药片已经塞进孩子的嘴里，又灌了两口水。

贼举着刀左右躲闪着，不让孩子看他的脸，咬牙切齿地警告她："只要小崽子看到我，我就绝你的根儿，断你的种！"

她快速地把孩子重又卧好、盖严，用两只大枕头把身边倚住。然后走回原处，沉默地站着。

　　贼又冲她喊了声"脱"，一个箭步冲上来，先撕掉她的外衣、背心，又撕掉她的长裤和短裤。

　　她任凭贼施暴，不做一点反抗；嘴唇动动，声音仍没发出，但表情难解——不像恐惧，不像乞求，不像悲哀，也不完全像仇恨。

　　贼用一只手举着菜刀，一只手颤抖抖地摸她赤裸身体的每一个部位；随后哈哈大笑，如同无限感慨般地从嘴里吐出最肮脏的字句："你们老娘儿们有什么了不起？你不就是身上长着个 × 吗？难道身上长着一根鸡巴的就天生得当你们的奴隶？就得任凭你们摆布？挨 × 你那 × 不是也舒坦吗？做出孩子来，管你叫妈呀？你老了他也得养你、埋你呀！……你们整天喊叫男女平等，怎么要成两口子就不平等啦？怎么就可劲儿跟长鸡巴的人要钱，非把他逼疯、逼穷、逼死不罢休呀？你们是嫁汉子，还是嫁钱呀？你们论斤约，还是论块儿卖呀？……"

　　这些不堪入耳的话使得她头发晕，浑身抖得厉害。

　　贼又冷笑一声，再次用嘴叼住菜刀，把搭手巾用的绳子一把揪掉："把胳膊举起来！你听见没有？"随后拿绳把她的两只手腕子牢牢地捆住，猛地一推，把她推倒在炕上。贼又举起刀，瞪圆了两只眼睛，盯着她身体的下部："嘿嘿！就这么一个破玩意儿，成了无价宝、摇钱树，连你爸、你妈都靠它捞钱盖房子、打棺材！你们把男子汉害得多么苦！为了得到这么一个破玩意儿，钱花光了，党票丢了，亲戚朋友断了，前程没了——变成了贼，还要变成蹲大狱的罪犯！这玩意儿咋就这么厉害？我要试试你咋就这么厉害？……"这样的嘟囔声越来越小，最后他像猛兽扑到她的身上，肆意发泄和蹂躏，一次又一次……

　　她在贼的折腾当中，时时看孩子一眼，见孩子睡得很熟，她就有了忍受痛苦的力气，拼命控制着；为了自己的孩子不被惊醒，最终得以安全，她不让自己发出呻吟之声。

　　……

　　第二天早晨，家家的烟囱都冒烟，唯独这独门院没动静，隔着大门呼叫也没人答应。

　　人们开始怀疑、猜测，议论纷纷。

黑大个子也在门外喊了一阵儿，见大门在里边插着，更起疑心。他不顾一切地攀着路边的杨树，翻墙跳进院子，直奔正房。

正房里也是静悄悄的，堂屋门闭着，住人的东屋窗户帘还拉着。

他用力拍打窗棂呼喊几句没人应，想踹开门进屋，又觉得独自一个人行动有点不妥，就返回院门，摘下木闩，打开门扇。

赶来的邻人着急地问："怎么回事儿？"

黑大个子心情沉重地回答："我估计出了人命……赶快报案。公安局来人之前，谁也不许进入，得保护好现场！"

公安局很快派来刑侦人员，立即对现场做仔细检查，把可疑之物都进行化验。最后得出简要的结论是：

第一，女主人赤身裸体地死在被窝里，是被奸污后窒息死亡的；两只手腕上有捆绑的红紫印子，可是绳索没有找到踪影。第二，孩子被检查现场的人从熟睡中唤醒，身上没有一处受伤，经过化验胃液，证明吃了过量的扑尔敏药片；虽然已经完全清醒，可是对案发的情形一无所知，只记得跟妈妈到小杂货铺看电视的事儿，可见他没受一点惊动和损害；在柜子下面找到一双他穿过的老虎头棉鞋，里边的一千元现金，他也不知道谁藏的。第三，杀人凶手没有留下任何痕迹，连指纹样子都没有办法取到；他作案后把三间屋地都仔细地清扫过，扒墙头逃走，房内、房外的脚印都是遇害女子的男人半月前刨花生穿过的那双鞋踩下的，鞋子丢弃在墙外边，墙外边一切都被秋风刮来的落叶、黄沙埋没了……

凶杀案成了无头案，将被无限期地放置在文件柜里和受害家属的心上。

当过治保主任的黑大个子对这样的结果不甘心，他对办案的人肯定：昨晚这个家里闹贼果有其事，杀人凶手就是那个贼。但他无法回答那个贼是谁。所以他就不辞辛苦地寻求可疑的破绽。

他先发现昨夜帮着捉贼的时候，堂屋地上堆放的柴草少了很多，一扒灶膛，见灰是潮湿的，证明帮助捉贼的人们扑空散去以后，又烧过火。那么，烧这么多的柴火，是做的什么饭呢？他想往锅里看有没有残剩的东西，只见没菜叶没米粒的空锅里，扣着

一只大葫芦水瓢。他弯腰拿起水瓢，忽见锅底处有一颗闪着亮光的衣扣，捏起衣扣，仔细端详，发现是一颗军上衣的纽扣，只有一九八九年以后当过兵的人才穿有这种纽扣的军衣。看到这里，他不禁猛地拍一下大腿："嘿，杀人凶手找到了！"

人们围上来，忙叮问找到了啥证据。

黑大个子五指一拳，把那亮光光的金黄的衣扣攥到手心里，兴奋异常又语无伦次地回答："这是机密，不能随便泄露……这个女人哪，真有心眼儿，她留下这个衣扣帮政府破了案，替社会除了害，也给她自己报了仇……我佩服她……昨个夜里我要留下守着就好了……我他妈的是个笨蛋、尿包，不是个男子汉……我不配她，我没那个命……"

众人被他这番没头没脑的胡乱嘟囔，给弄得莫名其妙。

枪毙杀人犯公审大会之后，人们才知道了那女人惨死的大体经过，但是她在遭难过程中还有许多独特的想法和做法，至今也不被人所知，注定永远是个解不开的谜。

岁月尘封不了他的名字

——浩然诞辰 85 周年祭

李培禹

今年 2 月 20 日，是著名作家浩然去世 9 周年的忌日。今年的 3 月 25 日，是他诞辰 85 周年的纪念日。我常想，如果浩然老师还在，也不过 85 岁；而他如果还能写作，哪怕仅写一些独有的回忆文字，也一定会很精彩。如果天假以年，他的创作很有可能弥补上以往作品的缺憾。每每想至此，我便黯然神伤。

他在念想里永生

时光回到九年前，即 2008 年的 2 月 20 日。

早晨，我刚走进办公室，就收到这样一条短信："我父亲于今晨两点去世，特告。梁红野。"红野的父亲就是著名作家浩然。我知道，春节前医院就报了病危。几天前红野在电话里还曾安慰我说："我们把父亲的衣服都准备好了，他也没什么知觉和痛苦了。"最后一次去看望他，是在同仁医院的病房里。那次，我大声呼喊着："浩然老师，我来看你了！"却怎么也唤不醒当年那个一把握住我的手，说"你来得正好"的他了……

从 1990 年我调到北京日报文艺部后，因为工作关系，记不清去过多少次位于河北三河浩然居住的"泥土巢"了。每次见到他，他都会热情地握住我的手，说："培禹同志，你来得正好。"后来我越来越理解他这句话的含义了——他把我们去采访、看望他，看作是报社对他工作的支持；另一层意思是能给他帮点忙。当时他扎根三河农村，一边创作一边实施他的"文艺绿化工程"，即培养扶植农村文学新人，他哪有时间进城啊。我去一次，就会带回一堆任务，比如他为农民作者写的序文、评论，要我带回编辑部；经他修改后的业余作者的稿子，要我带回分别转交给《京郊日报》或晚报的同志，

他匆忙给这些编辑朋友写着短信……这景象仍历历在目。

一次，他的邀请函寄到了，打开一看，是他亲笔书写的："届时请一定前来，我当净阶迎候！"原来，三河县文联成立了！他的心情是多么高兴啊。就这样，浩然在三河的十几年里，自己的创作断断续续，他却为繁荣社会主义文艺培养出众多的农村作者，付出了满腔的心血。 红野说，父亲走时是安详的，他意识清楚时，儿女、孙辈们都围在他身旁。我说，是啊，他一生写农民，为农民写，那么留恋农村、热爱农民，你看他给儿子起名叫红野、东山，给女儿起名叫春水，孙子、孙女则叫活泉、绿谷，你们都在他身边，他会欣慰、安息的。况且，他的骨灰将安葬在他那么挚爱着的三河大地，他将在父老乡亲们的念想里永生！北京日报社要为浩然同志的逝世敬献花圈。撰写挽联时，我想起浩然老师曾为我书写的一幅墨宝，全部用的是他著作的书名：喜鹊登枝杏花雨，金光大道艳阳天。我准备以此为上联也用他的书名写个下联，便打电话给浩然的好友、《北京晚报》原副总编辑李凤祥和著名书法家李燕刚，我们共同完成了这样一个下联：乐土活泉终圆梦，浩然正气为苍生！ 浩然同志千古！

——以上是我 2008 年 2 月 20 日夜匆匆写就的文字。

浩然魂归"泥土巢"

昨天清晨，一场春雨悄然飘落京东大地。纪念著名作家浩然逝世一周年暨浩然夫妇骨灰安葬仪式，在河北省三河市灵泉灵塔公墓举行。浩然因病医治无效于 2008 年 2 月 20 日凌晨 2 时 32 分在北京逝世，享年 76 岁。

泃河水涨，草木青青。浩然和夫人杨朴桥的墓地坐落在泃河东岸的冀东平原深处。浩然的塑像前，一泓泉水汩汩流响，倾诉着他对三河大地的眷恋。墓穴右侧是按照浩然在三河居住了十六年的小院原型建造的"泥土巢"；左侧是镌刻在大理石碑上的金色笔迹，那是 1987 年浩然亲笔书写的："我是农民的子孙，誓做他们的忠诚代言人。"这也可以看作是这位一辈子"写农民、为农民写"的人民作家的墓志铭。

浩然 1988 年落户三河，在这里他"甘于寂寞，埋头苦写"，完成了继《艳阳天》《金光大道》后新时期最重要的一部长篇小说《苍生》，并把它搬上荧屏，深受农民群众喜爱。十几年来他不改初衷，以三河这块沃土为基地，开展"文艺绿化工程"，为培养扶植农村文学新军倾尽心血，取得了令人瞩目的成果。

昨天，他的儿女红野、蓝天、秋川、春水率孙辈东山、绿谷等早早来到墓园。

春水含泪细心擦拭着父母的塑像，轻声说着："爸、妈，你们看有多少领导、朋友、乡亲们都来送你们了，你们放心地安息吧。"

浩然魂归"泥土巢"，不仅三河市委、市政府、市文联当作一件大事来办，也牵动着祖国各地他的生前好友、众多得益于他的几代文学作者的心。顺义望泉寺的农民作家王克臣说，我们都是自发赶来送浩然老师的，以后年年都会来，他永远活在我们心里。 中国作协、北京市、河北省有关领导，北京市文联、北京作协、廊坊市的主要领导同志参加了骨灰安放仪式。《北京日报》《北京晚报》《京郊日报》向浩然夫妇的墓园敬献了花篮。挽联全部用浩然的书名写成：喜鹊登枝杏花雨，金光大道艳阳天；乐土活泉终圆梦，浩然正气为苍生！

——以上是我 2009 年 4 月 13 日从三河返回北京的途中，在车上赶就的特写。

浩然是哪里人？

浩然是哪里人？顺义县的乡亲们说，顺义人呗，金鸡河、箭杆河多次出现在他的笔下；长篇小说《艳阳天》就是写焦庄户的，"萧长春"还在嘛！通县的干部说，浩然是通县人，他是在那里成长起来的，他的许多作品都完稿于通州镇，而且他现在还是玉甫上营村的名誉村长。 蓟县的同志则理直气壮地说，怎么？浩然明明是我们蓟县人嘛！他们翻出浩然在一篇后记中的话："从巍巍盘山到滔滔蓟运河之间的那块喷香冒油的土地，给我的肉体和灵魂打下了永生不可泯灭的深深烙印。"

1988 年，一本 600 多页厚的长篇小说《苍生》，悄悄摆上了新华书店的书架，随后，广播电台连续广播，12 集电视连续剧投入紧张的拍摄。当一幅展现 20 世纪 80 年代农村改革的巨幅画卷渐渐地展开在人们面前时，敏感的海外报刊最先做出反应，香港一家报纸的醒目标题是：《艳阳天》作者沉寂十年又一次崛起。 中国文坛不能不为之震动，首都庆祝建国 40 周年文学作品征文头奖的殊荣，授予了《苍生》。 来自农村的同志亲切地呼唤着那个熟悉的名字：哦，浩然！ 其实，浩然的档案这样记载着：浩然，本名梁金广。原籍河北省宝坻县单家庄（现属天津市），1932 年 3 月 25 日出生在开滦赵各庄煤矿矿区。10 岁丧父，随寡母迁居蓟县王吉素村舅父家，在那里长大……基层的干部群众争认浩然为老乡，因为大河上下、长城内外一百多个县都留下了他的足迹；因为他把一颗真诚的心都掏给了养育他的父老乡亲；因为他

将一个作家的艺术生命全部融入了中国农村社会主义建设的编年史！ 无须争论，浩然是京郊人，是冀东人，是华北人……而此时，他实实在在是个三河人。他是三河县33万人民的儿子，他是燕山脚下段甲岭镇的名誉镇长。4月，洵河水涨，柳絮纷飞。为寻访浩然的踪迹，我来到了三河县，和这位作家一起度过了几天在他看来平平常常，而于我却难以忘怀的日子。

他把"心"带到了三河

前几年，浩然带着女儿住在通县埋头写作《苍生》时，我就萌发了采访他的念头。我向报社一位家也在通县的同事打听浩然家怎么走，这位同事说："嗨，你到了县城街口，找岗楼里的警察一问，谁都能领你到他家，业余作者找他的，多啦！" 这次到三河，倒印证了那位同事的话。"噢，找浩然啊，往前到路口拐弯，再往西就是。"三河人热情地把我引到了浩然的"泥土巢"。

"姑父，来客人啦！"朝屋里喊话的是浩然妻子的一个娘家侄女，她住在这儿帮着照顾久病卧床的姑姑，腾出手来也帮浩然取报纸、拿信件。 正在和几位乡村干部交谈的浩然迎了出来。他，中等身材，岁月的痕迹清晰地刻在了他那仍留着寸头的国字脸上，鬓角两边已分明出现了缕缕银丝，只是那双深邃而有神的眼睛，是一位充满旺盛创作力的作家所特有的。 显然，那几位村干部的话还没说完，一位岁数稍大点的，把浩然拉到一边"咬起耳朵"来，浩然认真地听着。那情景，我下乡采访时常见到。不用说，浩然这个"镇长"，已经进入角色了。 正好，我可以好好打量打量这"泥土巢"。这几间平房，是他担任了县政协名誉主席以后县政府专门为他盖的。东边一间是卧室，和浩然相濡以沫四十多年的妻子患病躺在床上已一年多了；中间比较宽敞的，是浩然的会客室，乡村干部谈工作，业余作者谈稿子，都在这儿；靠西头的一间是专供浩然写作用的，写字台上四面八方的来信分拣成几摞，堆得满满的，铺开的稿纸上，是作家那熟悉的字迹。看来，由于不断有人来打扰，他的写作只能这样断断续续。

浩然服侍老伴吃下药后，给我倒了杯茶。"我这人天生窝囊，最怕说话，但动了感情，往格子纸上一写，还行。"他说的是真的，谈起他如何把家落户在三河县，如何写出《苍生》等等，他讲得平淡无奇，但翻看一下他做的有关日记、笔记，或"写在格子纸上"的文章，却处处是真情实感的流露，篇篇不乏精彩之笔。最能说明这点的例子是，他和农民萧永顺（长篇小说《艳阳天》中萧长春的原型）是风风雨雨几十年的挚友，他多次提到过，并未引起人们的注意。后来，他写了《我和萧永顺》，在《光明日报》发表，人们才真正被那真挚的深情厚谊所打动。这篇纪实散文，毫无争议地被评为《光明日报》庆祝建国40周年散文征文一等奖。书，是作家辛勤耕耘的最终产品；书，是作家漫长创作生涯的浓缩。我的目光不由得停留在占满一面墙的四个大书柜上。浩然拉开布帷，打开书柜，拣出几本给我看，有的是世界名著，有的是已绝版的旧书，经他重新修整并包上了新皮儿，扉页上大都有浩然的签名和购书日期。还有一部分是我国和世界上的一些著名作家、专家学者送给浩然的赠书，相当珍贵。

作为一个也写过点东西的业余作者，我最理解，一个作家珍存的，当然首先是他自己写的书。"泥土巢"的书柜里，竟摆着浩然1958年出版的第一本小说集《喜鹊登枝》，摆着他20世纪60年代的成名作《艳阳天》，摆着70年代的《金光大道》和80年代的代表作《苍生》，以及日本、法国、美国、朝鲜等翻译出版的他的著作译本。我看到，包括一度给他带来灾难的上下两册《西沙儿女》在内的共五十多本书——浩然的五十多个"孩子"，他都随身带来了。浩然把自己的"心"带到了三河。

"姑父，来客人啦"

"姑父，来客人啦！"内侄女又在招呼来人。我住在浩然这儿，每天至少要听到五六回这个声音。有时晚上九、十点钟了，也会忽然响起一声："姑父，来客人啦！"这天清晨，蓟县、平谷的业余作者来了。此时，只有我知道，他们的浩然老师刚刚为妻子梳洗过，然后做了煎鸡蛋、煮牛奶，看着妻子吃下。书桌上，他匆匆给延庆县业余作者孟广臣的信刚写到一半。那是几天前在一次领导召集的座谈会上，浩然替这位长期在农村坚持业余创作的农民作者呼吁，引起了领导同志的关注，有关问题有可能得到解决。浩然从北京回来连夜就给孟广臣写信，信刚开了头，被老伴的病缠住，又搁下了。

多少年来，浩然已养成一个习惯，他无论外出开会，还是到哪儿深入生活，除了洗漱用具外，身边总要带上一堆全国各地业余作者寄给他的稿子，途中乘车、午间小休、晚上临睡前那点工夫都要挑选出几篇来看。女儿春水最了解父亲，帮他打点行装时，总要把一摞信稿放进他的旅行包。一个叫陈绍谦的年轻业余作者，患先天性心脏病，失去了生活的勇气。他写信给浩然，诉说了心中的苦闷和绝望。信几经辗转，到了浩然手里。第二天，当这位农村青年崇拜已久的著名作家出现在自己面前时，他激动得半天说不出一句话

来。浩然抹着额头的汗水，微笑着告诉他："我一溜小跑，找到你家来了。"

以后，陈绍谦按照浩然老师的话去做，一边读文学书籍，一边读社会生活这本大书，不断地练笔，终于写出了充满生活气息的小说《灾后》。浩然读到这篇稿子，立即推荐给北京的一家刊物。稿子被退回来了，浩然又挂号寄给上海的一家文艺期刊，又被客气地退回了。第三次又寄出去，两个多月不见回音，稿子也找不回来了。浩然写信给小陈，热情肯定了这篇习作写得好，要他把原稿再寄来。浩然把《灾后》的原稿拿给女儿春水看，"写得怎么样？喜欢吗？"春水正在大学中文系进修，她读后由衷地说："嗯，不错，喜欢。"浩然一笑说："那劳驾了，你给抄写一份吧。"春水对爸爸的话从没说过不字，她认真抄写了这篇小说。

浩然留下原稿，将抄写的稿子第四次寄给了辽宁的《庄稼人》杂志。陈绍谦的处女作就这样终于发表了。如今，这个青年已成为农村业余作者中的佼佼者，他的中篇小说《腊梅》在《北京日报》郊区版连载后引起反响，并在当年评选中荣获了一等奖。 像陈绍谦这样，许多农村业余作者都直接得到过浩然的指导和帮助。北大荒的默然、海南岛的杨屏、吉林三岔河小镇的中学生、绿色军营里刚入伍的战士……

那天，我偶然翻出一封天津蓟县的来信，这位叫张树山的业余作者写道："最敬爱的浩然老师，我不知该怎样表达我的感激之情。那篇稿子我早已不抱希望，早忘了，没想到您却一直惦记着它。当我吃惊地看到它已经您的修改、推荐发表出来后，我要告诉您，这是我一生中最幸福、最愉快的事情……"我跟春水谈起这些事时，春水说："爸也给人抄过稿子，我看他大段大段为业余作者誊稿儿时，心疼，就帮他抄呗。我写了一篇儿童故事，他说过不错，可一年多了他也不理茬儿。那天我悄悄翻了翻他专门存别人稿子的小柜，我那篇还排在好几篇来稿后边呢，他忘了。"

李培禹，作家、诗人。《北京日报》高级编辑，曾任《新闻与写作》杂志主编、《北京日报》副刊部主任等职。作品曾五度获得"中国新闻奖"，也是首届全国"孙犁报纸副刊编辑奖"获得者。 报告文学曾获全国报纸副刊作品评选金奖，散文、杂文、诗歌等均有作品获入全国选本。现为北京市杂文学会秘书长、北京市东城作家协会副主席、北京作家协会会员、中国作家协会会员、中国传记文学学会理事。出版有《走进焦裕禄的世界》《您的朋友李雪健》《笔底波澜》等。

高　莽

笔名乌兰汗，1926 年生于哈尔滨，长期在各级中苏友好协会及外国文学研究所工作，从事翻译、编辑、俄苏文学研究和中外文化交流与对外友好活动；同时从事文学与美术创作。2013 年 11 月，高莽凭借译作阿赫玛托娃的叙事诗《安魂曲》，获得了"俄罗斯－新世纪"俄罗斯当代文学作品最佳中文翻译奖。2017 年 10 月 6 日，翻译家高莽先生在北京去世，享年 91 岁。

大雁飞向远天

——悼念舞蹈大师贾作光

我们家和贾作光有几十年的交往。

他那开朗的性格，爱动的躯体，处处让人不能忘怀。我们家住在和平里两间小屋，有一天收音机播放一个舞曲，我妈突然问我：

"贾作光还跳《雁舞》吗？"这出乎意料的提问，使我愕然。妈妈发现我踌躇不语，加了一句解释："他

的腿好了吗？"

啊，原来是这么一回事呀！不一定是妈妈有高强的记忆力，而是贾作光的舞蹈给她老人家留的印象太深了。多少年过去了，她老人家还想着那一天在我家窄小的住所里的表演………

那是上一世纪严寒之后的 1978 年早春。贾作光从内蒙古来到北京，临时住在文化部招待所。招待所与我家相隔只有一二百米，所以我们常常见面。

我们一起回忆早年踏上文学艺术之路的情景。他从一少年演员渐渐变成专业舞蹈家。20 世纪 50 年代他已成熟，在国内演出的盛况空前。但交谈时就是不愿回忆刚刚过去的、在每个人的脑海里蒙上阴影的"文革"。

春节那一天，贾作光来了。他总是神采奕奕，满面春风，精神抖擞。他到哪里，哪里就会出现朝气，在场的人也都会变得年轻而充满希望。那天，正赶上有几位朋友来访：老画家董寿平、诗人邹荻帆，还有几位艺术界的青年朋友。大家海阔天空地谈论文学艺术与生活、与历史的关系，艺术家在社会中的价值与作用等等问题。

妈妈也挤在这间屋子里，听我们七嘴八舌地瞎白话，时而插上一两句话。正当大家各不相让地争论到各种艺术有不同表现能力时，妈妈突然说："贾作光，你给大家表演一下舞蹈，让大家开开眼界。"

贾作光瞥了一下拥挤的房间，无疑感到为难，但他从不愿意让恳求者失望，便高兴地表示同意："好！我来表演！"

我们家书籍占去了相当多的面积。破烂家具一堆。我们尽可能把能移动的东西都搬开了，在屋子中间腾出一块空地。我妻子还特意用湿抹布把这块地方擦得干干净净。大概她过去多年与表演艺术界人士有来往，知道舞蹈家们需要什么。贾作光看了看不到两平方米的"舞台"，笑着夸奖我妻子说："孙杰，好妹子，擦得好，谢谢你！"然后他仔仔细细地观察了周围的观众。他在想什么？他慢慢地站到"舞台"的中央。作光不是话剧或电影演员，可是他脸上的每一部分都在说话。那灵活闪动的眼睛，那轻轻飞动的眉毛，那微微扇动的鼻翼，那笑盈盈的嘴，那总是刮得光光的脸颊……刚刚从兵团回来的女儿，早就热爱贾伯伯的舞蹈，看到这个场面，急忙跑出屋去，通知芳邻李金海和李丽丽老师，一起来欣赏十多年不能登台的著名舞蹈家的表演。

贾作光先舒展一下身骨，顺手把围巾系在腰间。然后哼了哼曲调，转身对我妈妈笑了笑，说："大娘，看这个！"他脚尖一立，手一扬，目光一闪，火爆而急促地跳了起来，大甩臂，大仰胸，疾骤旋转，一腿跪地，腾然跃起……我从来不知道他会如此熟练地表演西班牙舞！

室内门外，一阵掌声，一片满意的欢笑。作光越跳越有情绪。不知谁悄悄地提出请他表演《雁舞》。他把围巾从腰间解下来，缠在头上。《雁舞》是他在内蒙古劳动人民中间长期生活的艺术结晶。

大家的目光随着他身形的变幻而移动。他的舞蹈像诗、像画，充满了情，也充满了哲理。他的两臂一会儿柔软地飘扬起来，仿佛水面上泛起的层层涟漪，一会儿又强劲有节奏地甩动，如同向高空冲击，这活脱脱的是一只自由自在的大雁。我们好像不是置身于斗室，而是在大海之滨、茫茫草原之上。忽然，他的翅膀沉重了，倾斜了，他匍匐在地上，全身在挣扎，紧张得令人喘不过气来。那苦涩的表情，更令人难忍。室内静悄悄。作光侧身跪在地板上，似动又未动，未动中又内含着对生的渴望。我多次看过他在舞台上的表演，但从未见到这个场面。作光的头扬了几次，双肩在轻轻地抖动，这是大雁在梳理自己的羽毛，翅膀又拍动起来，终于跃身而起，傲然地冲向云霄。他在这小小的"舞台"上转了几遭，大概是重新获得生命的大雁在高空中俯瞰着大地。我们似乎也跟着他摆脱了一场噩梦，又回到现实生活。我发现妈妈在偷偷拭泪。

那一天，大家获得的似乎不只是艺术的享受，而是心灵的启迪。荻帆即兴朗诵了一首《大雁之歌》，董老欣然挥毫画了一幅挺拔的竹子。

客人散去后，妈妈问我："贾作光在'文革'时受了不少苦吧？"然后又自言自语地说："我怎么觉得他身上有伤呢？"

有一天，我无意中把妈妈的联想转告了作光。于是他详详细细地讲了自己在十年"文革"时难言的灾难。挨批挨斗可以忍受，但腿被弄断，对于一个舞蹈家来说，岂不等于扼杀了他的生命？！贾作光没有向厄运低头，他也不会低头。他硬是凭借顽强的意志养好了伤，一天不停地，先是偷偷地，后是公开地坚持锻炼身体，直到"四人帮"被彻底粉碎。他说，春节那天在我家表演时，他从每个人的脸上都看到了"文革"留下来的伤痕，想到自己折伤的腿，所以他就在《雁舞》中加入内心的感受。"我表演的确实是自己，包括'文革'时濒临死亡的情节。但不仅仅是我自己……"他顿了一下，接着说："也有你们……"历尽沧桑的妈妈比我观察得更细腻，她以母亲特有的敏感体察出他的心灵颤音。妈妈说对了。

我不知道多年后的今天，是什么事情又勾起妈妈对他的怀念。也许是妈妈看见了贾作光给我写的"舞"字。这个字和他本人一样，每一笔每一画都像他的胳膊和大腿，刚劲有力。我在想，天生有健康的体质固然值得庆幸，但更重要的是体质中灌输健康的精神。一位艺术家若能把人间的苦难、忧伤、欢乐、希望融化在自己的创作中，并让人不断对它进行思索，他可能同时也是一位哲学家。贾作光在舞蹈中揭示了他的内心世界，他在艺术中找到了自我，找到了人生，找到了人的价值，找到了战胜一切艰难险阻的力量。舞蹈，对于他来说，远不是单纯的专业了，而是他献给人民的生命，献给人类的心。

1992年《贾作光舞蹈艺术文集》问世，书中记载了他几十年舞蹈生涯经历，提出舞者必须掌握的十字要诀，那就是："稳、准、敏、洁、轻、柔、健、韵、美、情"。说出来很容易，但达到这一点多么难啊！这是他几十年不停地锻炼，几十年血汗的结晶。

不管什么场合、节日联欢、庆祝某一活动，只要有人建议他表演，他从不推托，而是飒然而起，走到场子中间，或在桌椅的狭缝中间，扬臂踢腿，满脸笑意，翩翩起舞。他的精力总是旺盛有余，他的肢体语言总是细腻敏感，在表演中对节奏的把握，达到顶点。他把西方现代舞的技术和民族民间舞巧妙地结合起来，走出一条当代民族民间舞的道路。他是一代民间舞蹈艺术的宗师。

悠悠几十年过去了。近年，贾作光的女儿玛尼亚告诉我们，她父亲身体欠佳，精神有些恍惚。我们很替他担心，可是又没有办法，只能通过我们的女儿们相互打听身体状况和彼此传达一些安慰之语。

2017 年 1 月 7 日，我们从媒体上得知这位 93 岁的年老而精神永葆青春的舞蹈家不幸逝世的噩耗，老泪煞然涌出眼眶，我们再也看不到他亲身表演的让人倾倒的雁舞了，它飞向了远天，永远飞向远天，可是他那优美的舞姿深深留在我们的心中。

大雁飞向远天。

飞向……

"老虎洞"的温馨记忆

赵李红

　　10月7日下午两点左右，我在微信朋友圈突然看到"俄语翻译界的泰斗人物高莽昨日去世，享年91岁"的信息，一下有些难以相信，立即把这条消息转发给高莽先生的好友、著名作家、画家鲁光先生，并询问："这是真的吗？"鲁光先生回信证实了，并转我他给高莽女儿晓岚的悼念微信。

　　果然，我从朋友圈里找到了晓岚姐中午发布的消息："高莽先生在平静中离开了我们。他的一生精彩而充实，感谢每一个曾经爱他和陪伴他的人，愿他在另一个世界同样幸福"。

　　职业的敏感让我想到的是为高老发篇悼念文章。而他的老朋友鲁光先生最合适。我给鲁光先生发微信约稿。不久鲁光先生回复："好的，一定写。请将邮箱发我，明天我去金华打印发稿"。此刻，我才知道，鲁光老师在远离城市的浙江老家山居。

　　稿子落实了，我才放下心来仔细看看朋友圈里的悼文——

　　高莽1926年生于哈尔滨。1947年，高莽翻译了根据苏联作家奥斯特洛夫斯基长篇小说《钢铁是怎样炼成的》改编的剧本《保尔·柯察金》。曾任《世界文学》杂志主编，著有《久违了，莫斯科！》《枯立木》《圣山行》与《俄罗斯美术随笔》等随笔集。2013年11月，他凭借译作阿赫玛托娃的叙事诗《安魂曲》，荣获"俄罗斯－新世纪"俄罗斯当代文学作品最佳中文翻译奖。年近九旬时，又因翻译2015年诺贝尔文学奖得主阿列克谢耶维奇的《锌皮娃娃兵》广为人知……

很早就听身边的朋友说起高莽先生高尚的艺德人品，说他著作等身，译作、著作、绘画全面开花；说他照顾双目失明的妻子，三十年如一日，每天为她读书读报半小时，让妻子感受到他的存在……

和高老相识是去年4月。那天，鲁光先生带作家承琳姐和我走进了高老的家"老虎洞"。此后，有过几番约稿、发稿的往来。今年1月，高老还为《北京晚报》留下绝笔——撰写悼念好友、著名舞蹈家贾作光的美文《大雁飞向远天》——为读者留下向真、向善、向美的精神力量。

其实，想去"老虎洞"的想法已很久了。很多朋友的文章中都提到高莽"老虎洞"的家——高莽夫妇都属虎，就戏称自己的家是"老虎洞"。后来，画家古干先生就为他题写了"老虎洞"，挂在他家客厅的门楣上。

去年3月的一天，鲁光老师用微信发给我几张照片，是他去探望老友高莽先生，两人坐在沙发上开心大笑的合影，还有一张高莽先生那天给他画的头像。我立即想到，老友相聚，他们之间一定有好玩的故事和文人之间的文字唱和，便约鲁光老师写篇人物，20世纪80年代，他撰写中国女排的报告文学《中国姑娘》，曾享誉全国。鲁光老师爽快地答应了，并告我，约个时间带我去"老虎洞"看望高老。

这天"老虎洞"十分热闹。除了两位老朋友，还有高莽的女儿小岚姐、作家承琳姐和我，当天的情景被鲁光老师称作"三个女人一台戏"。90岁的高老谈笑风生、思维敏捷、幽默风趣，"老虎洞"一片欢声笑语。虽然离二位老友上次相聚才个把星期，但高老还是问这问那，而我则对着满屋子各种材质的小老虎狂拍。鲁光老师向我们隆重推荐高老的新作——用剪下的自己的碎发黏成的"自画像"。他说这是为自己九十岁做的一件事。

承琳姐和我立即走到镜框前，一边赞叹"太像了""太有创意了"，一边上下左右移动手机，选择不反光的角度拍照。高老见状，忙起身走到镜框前，伸手摘下镜框，为我们取出原图。鲁光老师也赶来看个真切。他一边拍，一边给我们介绍"自画像"的来历，"前几天，他剪完发，家人出门了，他就把散落一地的头发收拾起来，粘成了这幅肖像。他这个人就爱创新……我说这在中国是首创。我问他，你当过《世界文学》主编，别的国家画家有这种创作吗？高莽说，好像没有……我说，那就是世界独创之作了。"众人听后又是一阵开怀大笑……

高老指着照片上的白色粉末解释说：这是用樟脑粉做的防蛀处理。

拍完"自画像"，我们又嬉笑着跟高老合影，双人合影，三人组合……

坐下又起身，起身又坐下。待所有的组合照完了，消停下来，只见高老进里屋拿出纸来，又让女儿从画室取来小砚台和毛笔，倒上墨汁，对鲁光说："你站那儿，我要画你……""还画我？不是刚画过。"我立即把二人同框的画像情景收入镜头——高老低头画着，鲁光先生一动不动站在桌旁。没一会儿，高老笔下就呈现了一个大额头，大眼睛，大肚子，胖手，粗腿，形似更神似的全身像；同时在空白处写道："老师老哥老让我画不够的人物，可惜画不出你的满腹经纶，肚子里藏的都是什么呢？"原作赠给鲁光本人，又让鲁光先生在他留存的复印件上题字。鲁光先生写道："写形易，写神难。高莽兄多次写我，以此幅最传神。九十老翁，才思旺，绝对超过九〇后。"

画完鲁光先生，高老余兴未平，说也给我画一张。我坐在高老的对面，自然有些抑制不住内心的喜悦。高老一边画一边说我戴在头上的墨镜像飞行员。

鲁光先生啧啧称道：像，太像了……他说，高老可是为泰戈尔、贝多芬、普希金、巴金、季羡林、钱钟书杨绛夫妇等一大批中外知名人物画过肖像的。2013年在现代文学馆举办过《历史之翼——高莽人文肖像画展》，展出高莽先生半个多世纪的原创作品近200幅呢。

高老运笔如飞，很快就画完了。高老也让女儿复印一张留下，原作赠予我。同时让我在留下的复印件上写段话。我写道："九〇后高老，用画鲁光老师的'剩墨'把我画得美美的"。

临别时，高老又带我们参观他的画室。正对门口的是他十七岁时的油画自画像。门口一边的墙上，挂着高老做好装在镜框里的布贴。他指着书柜里的一个艺术品说，这可是用斯大林庭院里的玫瑰花瓣粘贴的，是为了纪念女儿岚岚的出世。晓岚姐则从玻璃柜里拿出一件木雕——斯大林头像说："这是在五七干校劳动时，用镢头的断把雕刻的，木头很硬，很难刻……"鲁光先生立即说：高莽骨子里就是个艺术家，在战天斗地的岁月里，也不忘变废料为神奇。

此刻，高老一笔笔为我画像的情景又浮现在眼前……"老虎洞"的温馨记忆仿佛还在昨天，如今高老已经在另一个世界，和他熟悉和热爱的文豪们相会了。

赵李红，《北京晚报》高级编辑。北京作协理事。曾获中国新闻奖副刊金奖暨报纸副刊二等奖及北京新闻奖一等奖。

酒坊

JIU FANG

陈世旭：有珍重才有珍贵

杜卫东：酒魂

李青松：白酒一碗舒筋血

（文字统筹/华　静）

陈世旭

1979 年创作小说《小镇上的将军》获同年全国优秀短篇小说奖。1980 年由《十月》杂志推荐入中国作协第五期文学讲习所（现鲁迅文学院）学习。1981 年调江西省文艺研究所从事专业文学创作及研究。1982 年加入中国作家协会。1985 年考入武汉大学中文系插班学习，1987 年毕业，获汉语言文学学士学位。1988 年任江西省文艺研究所副研究员，1985 年当选为中国作协理事、全委会主席团委员。曾任江西省作协主席，江西省文联主席。

有珍重才有珍贵

　　我一直觉得，酒是有神秘性的。人因为酒，可以燃烧，可以冷酷；可以缠绵，可以毒辣；可以柔若丝绸，可以锐若利刀；可以放歌，可以恸哭；可以多情，可以杀戮；可以旷达放荡，可以舍生取义；可以翱翔于长空，可以沉沦于深渊；可以弃利禄，忘荣辱，合天人，齐生死。所谓"壶里乾坤大，杯中日月长"。有了酒，你便可以褪下一切伪装，使身心毕露，"乘物而游"，"游乎四海之外"，"无何有之乡"（庄子），获得一个绝对自由的时空。

酒尤有惠于艺术。一部中国艺文史，就是一部酒神舞蹈的历史。酒神在艺术殿堂的出没，使艺术之神心旌动摇，如痴如狂。醉酒使中国的艺术家解脱束缚获得最佳创造力。魏晋第一醉鬼刘伶在《酒德颂》中自道："有大人先生，以天地为一朝，万期为须臾，日月有扃牖，八荒为庭衢……幕天席地，纵意所如……兀然而醉，豁然而醒，静听不闻雷霆之声，熟视不睹山岳之形。不觉寒暑之切肌，利欲之感情。俯观万物，扰扰焉如江汉之载浮萍。"以至于"以宇宙为狭"。"李白斗酒诗百篇，长安市上酒家眠，天子呼来不上船，自称臣是酒中仙。"（杜甫）"醉里从为客，诗成觉有神。"（杜甫）"俯仰各有志，得酒诗自成。"（苏轼）"一杯未尽诗已成，涌诗向天天亦惊。"（杨万里）酒醉而成传世诗作的例子在中国诗史中俯首可拾。

对于浪漫的文人，酒的诱惑无可拒绝。郑板桥的字画不易求得，一旦令其酒醉即可如愿以偿："看月不妨人去尽，对月只恨酒来迟。笑他缣素求书辈，又要先生烂醉时。"吴道子画前必酣饮大醉方可动笔，挥毫立就，"吴带当风"。王羲之醉作《兰亭序》，"遒媚劲健，绝代所无"，而酒醒时"更书数十本，终不能及之"。"吾师醉后依胡床，须臾扫尽数千张。飘飞骤雨惊飒飒，落花飞雪何茫茫。"怀素酒醉泼墨的《自叙帖》令神鬼皆惊。张旭"每大醉，呼叫狂走，乃下笔"，于是有了"挥毫落纸如云烟"的《古诗四帖》。

艺术上几乎所有登峰造极之作的产生都与酒有缘。

追究酒的来源，依旧不无神秘。作为世界三大酒王国之一，中国的甲骨文和金文都有"酒"字。先秦古籍完全与酒无涉的甚少。从《春秋》起，历朝历代皆有正史，记载了政治、经济、文化、风俗的变化沿革，天文地理、礼乐制度、科学技术的重大事件，也记载了无数关于酒的故事，而对酒的发明及酒的发明人却语焉不详，众说纷纭。秦汉辑录帝王公卿谱系的《世本》说"仪狄始作酒醪，变五味；少康作秫酒"，记录的不过是传说。西汉人刘向编订的《战国策》尽管言之凿凿："昔者，帝女令仪狄作酒而美，进之禹，禹饮而甘之，遂疏仪狄而绝旨酒"，后人却认作是

衍生的。依旧有说是神农的，甚至干脆就说是"天有酒星，酒之作也"的。盖因为酒的历史实在过于古老。人类的祖先巢栖穴居就不仅嗜酒，且会"造酒"。"粤西平乐等府，山中多猿，善采百花酿酒。樵子入山，得其巢穴者，其酒多至数石。饮之，香美异常，名曰猿酒"（《清稗类钞·粤西偶记》）。"黄山多猿猱，春夏采杂花果于石洼中，酝酿成酒，香气溢发，闻数百步"（《紫桃轩杂缀·蓬栊夜话》）。而谷物酿酒，早在五千年前就已开始。

酒和人类似乎与生俱来。

关于酒的神秘，我不久前在茅台酒厂有一次亲历的见闻。

茅台酒负盛名久矣。三十年前我在一个小县城做文员，有一个新年，刚开完全县四级干部大会，一直领着我们一帮工作人员熬了好些夜的县委副书记自己掏钱买了一瓶茅台酒来犒劳大家。他一手握着酒瓶，一手捏着一个极小的酒盅，斟酒时两只手都微微颤抖，缓缓绕着食堂的一张张饭桌走动。桌上的各人也都起身肃立，小心翼翼地接过那个小酒盅细细饮尽。无论是犒劳的还是接受犒劳的，对那一小盅酒都恭敬如仪，差不多是诚惶诚恐。

不因为别的，就因为那是茅台酒！

我那是头一次喝茅台酒，当时的感觉刻骨铭心。多年后，中国的各类名酒忽如一夜春风来，千树万树梨花开，此消彼长，此起彼伏，乱纷纷你方唱罢我登场，但那一小盅茅台酒和喝它时的那种仪式般的神圣却始终清晰如初。宴席上一遇茅台酒，无论是真是假，那种仪式般的神圣便会立刻漫泛出来。

自然，酒首先作用的是感官，不是心理。茅台酒在铺天盖地、潮起潮落的市场冲击中始终立于不败之地，起决定作用的是它固有的品质。

这品质是如此珍贵。

茅台酒厂在黔北的深山中，赤水河狭长的河谷使之局促逼仄，难于伸展，但它不可迁址。一旦易地，同样的工艺，如法炮制，出来的便不再有茅台酒的高贵品质；茅台酒必须用当地高粱酿造，而当地高粱产量十分有限，价位也远高于进口。但换了进口高粱，则酿不出真正的茅台酒。

可以说，是茅台限制了茅台酒。

但正因为这种自身的限制，保有了茅台酒的神秘，保有了它天下唯我独尊的地位。

打破这种限制其实很容易：留茅台酒之名而去茅台酒之实，但也就最终毁灭了茅台酒。

在经济生活、政治生活、社会生活、文化生活中，这样的自我毁灭，我们实在看得太多。茅台酒厂对茅台酒品质的珍重，是我从这次茅台之行中得到的最大收获：有珍重才有珍贵。

造酒如此，做人亦如此。

杜卫东

现任中国纪实文学研究会副会长。

曾任《炎黄春秋》杂志社副总编辑、《人民文学》杂志社副社长、《小说选刊》杂志社主编。中国作协第七届第八届全委会委员。至今已在全国各种报刊发表散文、杂文、诗歌、报告文学、小说、文艺评论和剧作500余万字，结集30余部。近年有《杜卫东自选集》四卷及为第一作者的长篇小说《江河水》分别由作家出版社和东方出版社出版。

有多篇散文被收入苏教版、人教版的中学语文课本和辅导教材。有多篇作品和词条被收入《中国新文学大系杂文卷》《中国新文学大系微型小说卷》和《中国杂文鉴赏辞典》等各种权威选本。曾获"中国潮"报告文学奖、"青春宝"杂文奖、《人民文学》报告文学奖、《北京文学》散文奖等各种奖项十余次。散文集《岁月深处》被翻译成英文在全球发行。

酒魂

一

酒，或许是有魂魄的吧？

不然，你如何解释：一杯看似白水一样的液体喝进腹中，竟能使人真性袒露、飘飘欲仙？李白斗酒诗百篇，如果没有了酒的润泽，他雄奇豪放的诗句怕也会滞涩。面对皇帝老儿宣他入宫的诏书，这位立志要"申管晏之谈，谋帝王之术"的青莲居士"仰天大笑出门去"，高歌"我辈岂是蓬蒿人"，不也是狂饮大醺之后的率性而为吗？

汉高祖刘邦本泗水小吏，斩白蛇起义，据说也是借了酒劲儿。功成名就后他衣锦还乡，召故人、父老、子弟痛饮。酒酣时边歌边舞，"慷慨伤怀，泣数行下"，亲自敲打一种叫"筑"的乐器，唱出了被后人称为汉乐府诗的开端之作《大风歌》。如果不是酒助英雄胆，刘邦没有醉斩白蛇，他的登高一呼岂不是少了些许威武？同样，倘若他未曾喝得酩酊兴起，哪里会有"大风起兮云飞扬……"这样的千古名句流传至今？曹操曾下禁酒令。他本是爱酒的，却托词酒乱人之性情而不许喝酒。一时，人们连"酒"字都不敢明说，而以"贤者""圣人"暗喻之。为此，个性倔强的孔融专门写了"难魏武帝禁酒书"表示反对："尧非千盅，无以建太平；孔非百觚，无以堪上圣。"接着，他历数了许多酒助人事的例证，包括汉高祖醉斩白蛇，樊哙解厄鸿门，于定国非醑饮数斗不能决断法令，郦食其以高阳酒徒著功于汉，等等，以图说明"酒之为德久矣"，尔后反诘曹操："酒何负于治者哉！"

孔融的观点偏颇与否姑且不论，诵其宏文确实能令人感叹酒之造化神奇。

倘以酒精作用解释这一切，我总觉得过于抽象而少了些灵动，我宁愿相信佛家的说法，万物皆有灵性，能不能禅悟却要随缘了。

那么，被称为"酒林至尊"的茅台呢？启开它被风月尘封已久的瓶盖，又会有多少神奇的传说流淌出来？

中国是诗的国度，也是酒的国度。一卷诗文一壶酒，文因酒而恣意奇绝，酒因文而千古流香。茅台被尊为国酒，更是有着极丰厚的历史与文化积淀。《史记》中已有关于茅台的记载：称"汉武帝甘美之"。只不过，那时称为"枸酱酒"。

茅台人说，刘彻不是汉朝饮枸酱酒的第一个皇帝：刘邦醉斩白蛇，豪饮唱大风，喝的都应当是此酒。因为，楚汉相争时，赤水河沿岸的濮人多从军于刘邦麾下，他们攻城拔寨，神勇异常。从南方转战到北方后，许多将士水土不服，唯独这些濮人很快适应了环境，为刘邦屡立战功。究其因由，原来他们常喝从家乡带

来的一种能提神壮胆、祛病强身的"神水"，这"神水"就是枸酱酒。试想，如此美酒，将士们能不献与刘邦？嗜酒豪饮的刘邦自然也不会错失美酒，捧空樽对月了。

二

初次造访茅台，是枫叶飘红的初秋。

人活世间，总有许多心仪的所在，终了而不得一瞻也是常有的事。从这个意义说我是一个幸运者，我嗜酒且爱茅台，年轻时囊中羞涩，茅台于我奢侈得不敢想。20 世纪 80 年代初，我用得到的第一笔稿酬托人千辛万苦买来一瓶茅台孝敬父亲，老人混沌的目光突然一亮，仿佛短路的电源重又接通，那惊诧欣喜的神情至今仍令我难以忘怀。

出产茅台酒的茅台镇，令人玄想。于我，神秘而又高贵。

贵州多山。贵州的作家把川黔的山路形容为奇绝鸟道，极是传神。因为一入贵州，触目皆是奇异高耸的山峰，鸟儿也只能从山的低缺处飞过。由遵义至茅台，虽说都是上了等级的盘山路，但也曲折得过于繁复。从这山望那山，相隔不过一箭之地，但中间每每被百丈宽的峡谷深壑相隔，如果想凭两条腿走过去，即便"神行太保"戴宗，只怕也要日出即行，日落方至。汽车在盘山路上小心翼翼地行进，仿佛颠簸在波峰浪谷中的小船儿，倘若以一家隐匿在大山皱纹里的农舍为坐标，盘上盘下几圈儿，离开它的直线距离也不过数百米。

茅台镇就深藏在大山的腹地。它背倚驼峰山，面临赤水河，依山顺势而建，房屋也就层层叠叠，错落有致。草顶青瓦、土墙木房的农舍间耸立着一座座风格各异的高楼洋房，加上拾级而上的青石板街，婆娑葱绿的各种热带树木，使古镇既有清纯秀美的古朴，又涌动着现代的时尚与张扬。方寸之地，占尽八百里赤水风情。

夜幕落下时，这一切便模糊了，依稀只见轮廓，仿佛夜色是一潭清水，能将过去与现实搅拌得不留痕迹。这时，你找一块青石坐下，让湿漉漉的空气在心头随意弥漫，任凭思绪在沉沉的夜色中巡行。隐约间，仿佛那运酒的牛车正吱吱嘎嘎地从远古走来，洒下一路奇香，不知醉倒了多少英雄豪杰、文人墨客。"风来隔壁三家醉，雨过开瓶十里香"，便是人们对她的真实写照。1915年的巴拿马万国博览会，送评的茅台酒因包装简陋，临近尾声都未被人正视一眼。中国代表心中不服，一气之下拿起一瓶茅台怒掷于地，一时天香四溢，众人皆惊，一举夺得金奖，和白兰地、威士忌并列为世界三大名酒，从此扬名天下。1954年的日内瓦会议上，周恩来以他娴熟的政治智慧和外交技巧赢得了国际社会的普遍尊重。后来，周恩来曾兴奋地说，日内瓦会议期间帮助我成功的有"两台"：一是贵州的茅台，一是《梁山伯与祝英台》。

你有感于茅台酒的神奇，便忍不住要认真凝视被夜色笼罩的这一片红褐色的土地，惊叹它怎么酿造出了如此倾国倾城的佳酿；那镶嵌在千年古镇每一寸角落的夜色自然不会作答，只是把夜一样的谜团留给你思忖。

茅台确是神奇。

且不说它独特的酿造工艺，要严格在端午制曲、重阳下沙，两次投料、九次蒸馏、八次发酵、五年陈贮；且不说它的选料，高粱、小麦只用仁怀本地所产，由于气候和地理条件与外地大有不同；只说它的勾兑，就称得上是一次工艺与艺术的完美结合。一般说来，要勾兑出一杯茅台酒，少说要用三四十种单型酒调配，多则用两百多种，凭的全是勾兑师敏感的感觉器官，可感可悟而不可言，一切决定于勾兑师的匠心独运、对酒的心灵感应。这岂不是已臻化境？

仅是工艺的独特，还不足以酿造出色香味俱佳的茅台。同行的贵州作家赵剑平告诉我，同样的酿造工艺，同样的原料，同样经验丰富的酿酒工，离开茅台就酿制不出味道纯正的茅台酒。管理春夏秋冬、金木水火土的五行之帝，好像特别眷顾这一方土地。赤水河周围的山海拔都在千米以上，但到茅台镇河谷却陡然陷落，只有400米，形成了一个凹地，炎热无风，使茅台上空飘浮着一个充满各种有益微生物的群落，对茅台酒的酒质有着至关重要的

影响。这微生物群是远古已有还是后来形成的，为什么千年聚而不散，这是茅台酒留给人们的又一个谜团，至今仍众说纷纭，难以破解……

三

再来茅台，正值酷暑，是随《人民文学》作家采风团。我们在茅台酒厂只做了一短暂停留，就沿赤水河北上。热情的主人说，赤水河是一条英雄的河，也是一条美酒的河。沿赤水河走上一段，或许对茅台酒会有更感性的认识。

为我们开车的司机小朱年仅 28 岁，可在茅台酒厂干了已近十年，算是老茅台了。他身量不高，留一平头，两只眼睛不大，目光中却有着山里人的明澈与敦厚。开始时或是有些生分，不大爱讲话，一旦熟悉了颇为健谈。他说，他本是遵义人，已在茅台安了家。父母在遵义为他找了一份不错的工作，让他举家回去，他不肯，他就死心塌地在茅台酒厂干了！人家老外不都说了吗，到中国三件事：登长城、吃烤鸭、喝茅台。茅台已经成了中国的一个标志了！言语之中充满了作为一个茅台人的自豪感。

怎么能不自豪呢？小朱告诉我们，茅台酒厂这些年的发展很快，用"日新月异"比喻并不为过。仅举两个数字便可窥一斑：产量从 1949 年初的年生产 750 吨到现在的 5000 多吨，还不包括茅台集团生产的其他系列酒。资产总值由当年的 10 万元已增加到 23.4 亿元。

数字是枯燥的。

可是这两组数字，在我的脑海中分明已演化成了一群灵动的蝌蚪。我知道，追寻着它们，眼前必定会豁然洞开一处奇绝壮丽的所在：飞流湍急、蛙声如鼓。只不过山路险峻，我不敢再打搅小朱师傅，只好让思绪飞出车窗，在赤水河畔的奇山秀水间飞扬。

赤水河古称赤虺河。

河岸峰峦叠嶂，溪壑纵横，自古以险要著称。1935 年，毛泽东在这一带屡出奇兵，四次飞渡，写下了古今中外军事史上以弱胜强的大家之笔——"四渡赤水"，由此奠定了中国革命的胜局。红军三渡赤水的渡口，便是今日茅台酒厂所在地。当年，红军战士曾用茅台酒祛病疗伤。后来，茅台酒成了国酒、外交酒、政治酒，除了它醇厚细腻、空杯留香的酒质外，恐怕和这一段历史不无关联。

汽车出茅台镇沿赤水河北上，行不数里便如同置身于一幅绿色的长卷：公路两旁山势奇险，翠竹丛生，均丈余高，密密匝匝，沿公路伸展蔓延，一眼望不到边。恰逢细雨绵绵，数不清的翠竹自由自在地在细雨中摇曳，雨打竹叶，发出一阵哗哗的声浪，如同唱响了生命的赞歌。远处的山间，缠绕着一条条白练似的瘴雾，被风袅袅地吹散开来，更给这赤水河增加了几许妩媚。难怪赤水河是一条美酒的河，这万顷竹海再加上沿途百处藏身于深山中的温泉、奇水、瀑布，为她保留和提供了丰富的优质水源。更令人称奇的是，随着季节的更迭，赤水河也在变化，眼下一河褐红，但到茅台酒取水时节，又变得清澈透明了。发端于云贵高原的赤水河一路喧嚣而来，两岸剔透如玛瑙的古丹霞地貌更使这条古老的河变得深邃而幽远，犹如一位览尽人世沧桑的长者，给人以无尽的遐思和神秘的追索。茅台酒神韵天香，说它聚山川之灵气，蕴日月之精华，沿赤水河走上一遭便诚信此言不谬了。

四

我们是在贵阳飞回北京前见到茅台酒厂的掌门人袁仁国总经理的。他早上7点从广州直飞贵阳，一下飞机顾不上旅途劳顿，就匆匆赶到饭店为我们饯行。

酒桌上的袁仁国豪气勃发，显不出在外奔波数日的疲惫。他告诉我们，这次亲赴南方是为了规范市场。我说，这类小事何劳总经理亲自出马？袁仁国微微一笑，可不能这样说，作为一个企业，市场应该是它的出发点与落脚点，不敢有丝毫懈怠哟！望着他庄重的神色，我忽然想起比尔·盖茨对员工常说的一句话：记住，也许微软三个月以后就会倒闭！我想，一个现代化的企业所

以能持续发展，决策者这种无时不存的危机意识不正是它的助推器吗？

和袁仁国已有过几次接触。印象中的袁总讷于言而敏于行，有着成功企业家的果敢与沉稳。几杯茅台酒干过，袁仁国像换了一个人，他从转换经营思想讲到理顺经营机制，从调整营销结构讲到制定市场规则，从清理市场渠道讲到丰富产品系列，思路清晰，谈锋甚健。特别是讲到茅台酒的过去与未来时，更是神采飞扬，言语之中流淌着对茅台酒极深的情感。贵州作家赵剑平侧身对我耳语：茅台情结！我想起去年2月份，袁仁国赴京参加第八届全国人大会议，《人民文学》自然应该一尽地主之谊。为了表示对客人的敬重，我买了市场上价格最昂贵的一种白酒。不想他看也未看，只说了一句："如果喝白酒，就喝茅台！"当时在座的遵义市副市长、小说家石邦定也笑着说了一句："袁总有典型的茅台情结。"我当时并未领悟，现在想来，所谓"茅台情结"，就是对茅台酒的痴迷、热爱与珍重吧？它发自心底，融入血液，炽热得像火山喷发出的岩浆，任岁月流失、时光变迁也无法化解。

"你们参观了我们的酒库吗？"

茅台酒厂的一道景观，就是占全厂建筑面积近三分之一的一幢幢拔地而起的酒库。数万个大陶瓷酒坛整齐地排列在各库房的不同楼层上，它要经过五年以上的贮存期才可出厂，这期间还要经过多道工序，去除平淡、暴烈、粗俗、浮躁，孕育了清新、醇和与幽香。

袁仁国未等我们作答，就清了清喉咙，一脸虔诚地说："我给各位老师读一首诗吧，题目叫《坛口》：

坛里装着沉默的酒，
不许半丝春色外漏，
封闭岂是禁锢。
寂寞蕴育醇厚，
一旦坛口打开，
喷射的茅香把人肺腑浸透。

它告诉那耐不住寂寞的诗人，

请千万封严你感情的坛口。"

在商海中叱咤风云、指挥若定的袁仁国此时倒更像一位诗人，一位把生活酿造成诗的智者。听着他充满感情的朗读，我不禁联想起了为我们开车的小朱师傅，想起了参观制曲车间时那一个个挥汗如雨的制曲工，想起了国酒文化馆中一尊尊茅台先人的塑像，想起了厂区里那一组名为"酒魂"的石雕……

我忽然觉得，我先前的疑问似乎已经有了答案。如果说，酒是有魂魄的，那么酒的魂魄不就是一代代酿酒人的心智、痴情与血汗么？

李青松

生态文学作家，现任职国家林业局。中国作家协会报告文学委员会委员、中国报告文学学会理事、中国散文学会理事。鲁迅文学奖评委。主要代表作品有：《遥远的虎啸》《告别伐木时代》《一种精神》《茶油时代》《大兴安岭时间》《大地伦理》《粒粒饱满》等。曾获新中国六十年全国优秀中短篇报告文学奖、徐迟报告文学奖、全国短篇报告文学奖、冰心散文奖、孙犁文学奖，呀诺达生态文学奖。

白酒一碗舒筋血

冬季，意味着寒冷和冰雪。

在东北林区，喝酒是一种劳动保护。林区人绝对离不开酒。早年间，林区木材的运输方式主要靠河水流送。流送的准备作业包括：修河道、修河圈、堵河岔、改河弯、架三基子、刨冰、搭临时流送棚、架通信线路、设出河场等。每年冬季进行河道调查，然后搞准备作业。刨冰一般在4月份进行。刨冰是为了使河水尽快融化，提前木材推河时间。刨冰的劳动保护就是喝酒，用酒擦身子，靠酒增加人体自身的热量。

　　木材推河后，便开始"赶羊"——木材在河中顺水漂流，人在河道上随着走。赶羊人一般背一个军用水壶，不过里边装的不是水，而是酒。河中的木材一旦叉垛，河水就会憋得呜呜响，木材也就越叉越高。遇到这种情况，赶羊人就会咕嘟咕嘟喝几口酒，然后手持拨枪跳进河里，迅速拆垛。

　　除了流送木材之外，伐木、打枝、造材、归楞等木材生产均是在寒冷的冬季进行，而这些作业的劳保用品都是酒。

　　逢年过节，上级领导上山慰问伐木工人，一般送的慰问品也多半是酒。1961年7月22日，国家主席刘少奇到小兴安岭调研，在带岭林业局，他发现林业工人的生产和生活相当艰苦，便指示随行的有关部门的负责人，马上调拨一批生产物资和生活用品送上山来。刘少奇主席还特别强调，一定要多弄些白酒。

　　在镜泊湖北湖头水运所，老水运工们告诉我，把白酒列入林业工人劳动保护用品始于刘少奇主席那次林区调研。所以，在酒桌上，林区人最忘不了的人就是刘少奇。

　　1953年，伊春林区销售白酒120万公斤，人均供应7公斤。当时规定，所有林场商店都必须经销白酒，供应原则是先山上后山下。每逢年节，像茅台啦，竹叶青啦，汾酒啦，剑南春啦，这些优质的名酒拨出一定比例供应第一线林业工人。应该说，除了"马爹利"等洋酒外，林业工人什么样的好酒都喝过。

　　喝酒的事是小事，可国家主席一过问，小事也就成了大事。在林区，酒类实行计划管理，统一酿造，统一采购，统一供应，产销全部纳入国家计划当中。

　　20世纪五六十年代，马永顺既是伐木的好手，也是喝酒的高手。马永顺的二儿子马春青告诉我，马永顺创造过一个人一顿喝下十三斤白酒的纪录。

　　不过，林区的酒王，还不是马永顺，而是镜泊湖的老水运工"大老美"，他本名迟焕成，山东大汉，嗜吃煎饼卷大葱，在镜泊湖干了一辈子放排工。有一回喝酒喝了三天三夜没喝醉，身上出的汗滴到碗里用火柴一点就能燃起来了。不巧，我去镜泊湖那天，"大老美"到牡丹江办事去了，没有见到这位著名的酒王。

　　林区的朋友们听说我在了解林区酒文化，就轮番给我讲述了林区人的有关酒的故事。

　　且说，某林业局局长醉酒后专爱打电话。是日，这位老兄喝得摇摇晃晃，深夜摸回家。神志还算清楚，操起电话拨通了另一个林业局局长家的电话。谁知那边那位老兄也喝多了。开始，两个人电话里还能唠几句，可唠着唠着话就渐渐少了，鼾声却越来越大——两个人都睡着了。

　　两边的电话都没挂断，足足开通了一夜，里边全是呼噜声。

　　话说，一位大个子喝得半醉之时，憋着一泡尿急于放出去，便对众酒友说："你们先喝着，我去撒泡尿。"从炕上猛地站起，不想，由于他的个子太高，头一下子就插到了屋顶的纸棚里。大个子手里掏出那东西，嘴里嘀咕着："我操，这天怎么一下子就黑了？"哗！他对着众人往炕角呲了一泡尿，末了，还抖了抖。

　　话接着说，某夏，一位醉鬼半夜回家，院门却被老婆锁上了。醉鬼便跳木障子进院，不想，腰带被木障子挂住了，睡意袭来，醉鬼挂在障子上呼呼睡去。次日凌晨睁眼一看，自己被小咬蚊子叮得周身是红眼包，木障子底下却醉死一层小咬和蚊子。

　　话继续说，酒后某林场场长独自一个人回家，半路上风一吹，场长哇地就吐了，咣啷一个跟头栽到路边，呼呼就睡着了。一只狗发现了场长吐出的秽物，又是酒又是肉，便美美餐了一顿。哪知，吃完刚走两步，也一个跟头栽到场长的身边醉了过去。懵里懵懂中，场长伸手一摸摸到了狗头，嘴里自言自语，哎呀，这家伙光知道喝酒，不知道理发，怎么同我一样。再往下摸，摸到了狗脖子，嗬，还穿皮大衣呢。继续摸，摸到狗的两排乳头（这是只母狗），哇，皮大衣还是双排扣呢。

　　故事太多，多得讲不完，打住了。

　　林区人喝酒不在乎有没有下酒菜，几粒盐豆、半块咸菜疙瘩也照喝不误。林区人喝酒，个个豪饮。喝一顿酒，一个人不喝个半斤八两的，那还叫林老大吗？到林区办事，你要是能喝酒，那事情就好办多了。

　　有人开玩笑说："中国的白酒行业就靠这帮林老大养着呢，

若是林老大都戒酒了，那些白酒厂就得一个一个地倒闭。"这话说得虽然有点过头，但却从另一方面道出了林区人与酒的特殊关系。

林区民间喝的酒多半是"小烧"——用玉米或高粱做原料，采用传统的酿酒方法，酿造出来的酒。

我在亚布力采访时，亚布力的朋友曾带我专门去镇西边的一家朝鲜族狗肉馆吃狗肉，喝的酒就是小烧。朋友说，吃狗肉喝小烧解毒助消化。

国医曰：酒能活血。西医反对国医的说法，则曰：酒能伤肺。我不知道到底是该信国医的还是听西医的，但我知道靠酒交朋友，联络感情，不仅靠不住，而且流弊很大。据我观察，喝酒的人有两类，一类是善于言表的人，喝了酒更加激情澎湃，口若悬河；另一类是讲话少的人，话少，就多喝酒，即便讲话讲错了，也可以借醉得到别人的原谅。

林区人都很善言谈，话少的人几乎没有。在酒桌上，那些已形成体系的酒话常常令我惊叹不已。

据说，在林区，随便哪个林业局都可以找出四五个因酗酒过量而致死的例子。没有人统计过林区人一年能喝掉多少白酒，估计也不会有哪个部门或哪个人想统计这个数字。不过，我的一位在林区某报任副总编的朋友告诉我，林老大们一年喝掉一个镜泊湖那么多的白酒应该是不成问题的。我说，好家伙，这也太夸张了吧，怎么可能呢？朋友不言语，只是嘻嘻笑。

别看林区的冬季寒气袭人，冷风割面，但酒馆、烤串屋的生意却相当兴隆。五魁首啊！三星照啊！六六顺啊！八匹马啊！亢奋的酒令，粗鄙的猜拳声，此起彼伏。从酒幌子摇曳的街道上走过，甚至连空气中都弥漫着酒味儿。酒文化已经浸透到林区人血液里了。——白酒一碗舒筋血呀！

当然，这都是"大木头"年代的事情喽。如今，酒馆、烤串屋倒还是不少，可那随风摇曳的酒幌子却早已绝迹了。